JOSUÉ GUIMARÃES

A CASA DAS QUATRO LUAS

L&PM EDITORES

Texto de acordo com a nova ortografia.

1ª edição: outubro de 1979
24ª edição: dezembro de 2023

Apresentação: Ana Mariza Filipouski
Capa e projeto gráfico: Ivan Pinheiro Machado.
Ilustração da capa: iStock
Ilustrações do miolo: Marco Cena
Revisão: Renato Deitos, Patrícia Yurgel e Jó Saldanha

ISBN 978-85-254-0522-7

G963c   Guimarães, Josué, 1921-1986.
          A Casa das Quatro Luas / Josué Guimarães; ilustrações Marco Cena – 24 ed. – Porto Alegre: L&PM, 2023.
          88 p.: il. ; 21 cm.

          1.Ficção brasileira-novelas. 2.Cena, Marco, il. .I.Título. II.Série.

          CDD 028.5
          CDD 087.5

Catalogação elaborada por Izabel A. Merlo, CRB 10/329.

© Nídia Guimarães, 1979, 2002

Todos os direitos desta edição reservados a L&PM Editores
Rua Comendador Coruja, 314, loja 9 – Floresta – 90.220-180
Porto Alegre – RS – Brasil / Fone: 51.3225.5777

PEDIDOS & DEPTO. COMERCIAL: vendas@lpm.com.br
FALE CONOSCO: info@lpm.com.br
www.lpm.com.br

Impresso no Brasil
Primavera de 2023

O PRAZER DE LER...

Ana Mariza Filipouski

Sabe aquele livro que toda criança gosta de ler? É divertido, a gente não consegue desgrudar do texto antes do final, tem personagens superlegais, parecidos com o nosso grupo de amigos, e eles vivem uma aventura que a gente mesma adoraria ter vivido? Pois é isso que acontece com *A Casa das Quatro Luas*, novela de Josué Guimarães que, desde 1979, encanta as crianças que a leem. A aventura é narrada por um autêntico "contador de histórias", que a ambienta no Rio Grande do Sul, com personagens que mostram um pouco dos hábitos desse Estado brasileiro onde as noites são frias e as matas, às vezes, são também escuras e assustadoras, especialmente para os pequenos...

 Nesse cenário misterioso se passa a história de Josué Guimarães, que a tempera com um clima de suspense atribuído a uma velha casa abandonada no campo, que pertenceu aos avós de Rodrigo e Adriana e que as crianças, juntamente com outros companheiros, resolvem explorar. Enquanto vivem as aventuras, mostram ser corajosas e decididas, atuando com curiosidade e companheirismo. Como toda história de turma, há sempre o mais autoritário, há o medroso, o inventivo, o desajeitado, e há também uns pais que ora proíbem coisas, ora são liberais e estimulam a independência dos filhos.

 Essa aventura, acontecida num passado próximo, mostra uma estrutura familiar que nem é mais tão comum encontrarmos, com um pai que centraliza toda a autoridade da casa, uma mãe dedicada apenas às tarefas domésticas, cuidadosa desses afazeres, da higiene das crianças, da alimentação da família. Mas é muito legal perceber que, mesmo numa época em que as crianças ainda eram vistas como seres que aprendiam principalmente através da obediência, este grupo não reforça um modelo idealizado: eles são capazes até de mentir e desobedecer na tentativa de experimentar a novidade, mas são bons filhos, e também conversam francamente com seus pais, o que determinará o final inesperado e satisfatório para todos. Quer saber qual é? Leia o livro!

O AUTOR

Josué Guimarães

JOSUÉ MARQUES GUIMARÃES nasceu em São Jerônimo, no Rio Grande do Sul, em 1921. Ele costumava contar que, segundo sua mãe, falou apenas aos três anos de idade, mas aos seis já sabia ler e aos sete escrevera um conto. Talvez por isso, Josué tornou-se jornalista. E trabalhou em grandes jornais, fazendo de tudo um pouco, de diretor até desenhista. Participou de grandes coberturas internacionais e assim conheceu o mundo, transformou-se em um democrata e humanista ferrenho e começou a desenvolver seu talento de contador de histórias. Foi vereador em Porto Alegre e diretor da Empresa Brasileira de Notícias (que faz a Voz do Brasil), a convite do então presidente João Goulart.

Somente aos 49 anos, depois de intensa vida pública e de perseguição pelo regime autoritário, lançou-se no ofício de escritor de ficção. Seu primeiro livro, *Os ladrões*, recebeu o prêmio do Concurso de Contos do Paraná, o mais importante concurso literário do país nas décadas de 1960 e 1970. Depois, Josué escreveu romances, contos, crônicas, novelas e texto teatral, destinados à leitura de adultos e crianças, em que tratou de temas relacionados aos conflitos humanos e suas contradições. Entre seus livros mais importantes, destacam-se *A ferro e fogo – Tempo de solidão*, *A ferro e fogo – Tempo de guerra*, *É tarde para saber*, *Camilo Mortágua* e *Tambores silenciosos* (Prêmio Erico Verissimo de romance 1976). Para crianças, Josué escreveu, entre outros, este *A Casa das Quatro Luas*, *Xerloque da Silva em "O rapto da Doroteia"*, *A onça que perdeu as pintas*, *Era uma vez um reino encantado* e *A última bruxa*.

A Casa das Quatro Luas, novela que você vai ler, tem sido companheira de milhares de crianças de todo o Brasil que são fascinadas pelo jeito gostoso de Josué inventar uma história com emoção, humor e suspense, o que nos faz entender o motivo pelo qual, desde os sete anos de idade, o escritor já se sentia um autêntico contador de histórias.

SUMÁRIO

A Casa das Quatro Luas
   O segredo 7
   A descoberta 31
   O tesouro da vovó 63

Glossário
   Explicação das palavras que estão sublinhadas no texto 84

Obras de Josué Guimarães 87

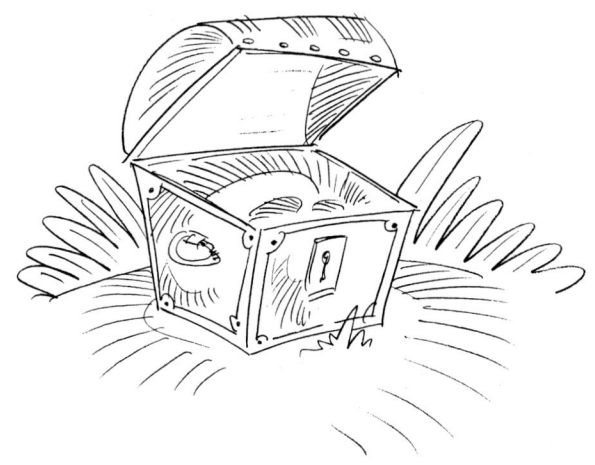

O SEGREDO

Era a primeira vez que Rodrigo e Adriana passariam o fim de semana na casa nova. O sítio, antigo, vinha dos tempos dos bisavós. No lugar do chalé de madeira pintado de verde, que eles haviam conhecido num passeio rápido, no dia em que o pai tratava com os construtores, estava uma casa nova e bonita, com grandes arcos de pedra, paredes caiadas de branco, janelões de vidro e alumínio, jardins e uma piscina quase pronta.

O dia era de festa. Dois homens preparavam o churrasco e chegava muita gente: tios e amigos do pai. Rodrigo e Adriana também tinham os seus amigos, convidados especiais: os priminhos Daniel e Eduardo, o chinesinho Davi, que sabia fazer coisas difíceis, e ainda Cíntia, uma coleguinha do colégio que passava todo o tempo trocando fofocas com Adriana.

Rodrigo reuniu a turma, num canto da varanda de onde não se via ninguém, e disse que precisavam conversar sobre um importante segredo. Eduardo arregalou os olhos:

– Oba, um grande segredo?

Daniel esfregou as mãos, curioso:

– Puxa, segredo é uma coisa bacana.

Adriana deu a ideia de irem todos para a sombra da figueira centenária que ficava nos limites do mato, distante da casa uns duzentos metros. Nervosa, Cíntia quis saber:

– Escuta aqui, que segredo é este?

– Bico calado – disse Rodrigo. – E vamos todos para lá até que nos chamem para comer.

As raízes da figueira eram excelentes bancos e a turma se acomodou ao redor de Rodrigo. Todos queriam saber, ao mesmo tempo, qual era o grande segredo. – Embora estivessem longe de casa, Rodrigo falou em voz baixa, olhando para os lados como se pudesse haver alguém escondido atrás de alguma árvore, quem sabe no escuro do mato, dependurado num galho qualquer. Ordenou que todos chegassem mais perto:

– Meu pai sempre disse que existe neste sítio uma casa que foi dos avós da minha mãe. Fica lá para dentro do mato, numa clareira. Mamãe acha que a casa hoje em dia só tem bichos e fantasmas.

– Fantasmas? – exclamou Eduardo, arregalando os olhos.

– Fantasmas, sim senhor – disse Rodrigo, pedindo que todos ouvissem calados. – Papai queria mandar derrubar a casa com trator e mamãe chorou e pediu que ele não fizesse isso, que nessa casa tinha tudo aquilo que ela mais gostara quando ainda era uma menininha assim como a Adriana. E quando, ontem de noite, papai me chamou para dizer que hoje a gente vinha para o sítio inaugurar a casa nova, eu pedi a ele para ver a casa velha.

– E o que foi que ele disse? – quis saber Cíntia.

– Ele disse que eu tivesse calma, todas as semanas a gente viria para cá e, quando chegasse o

dia de mostrar a casa da vovó, ele se encarregaria disso. Mas que, por enquanto, isso estava proibido.

– Ora – disse Adriana, chateada –, e pode-se saber por que ninguém pode entrar na casa velha da vovó?

– Papai me disse – continuou Rodrigo – que é muito perigoso. As paredes estão cai não cai, têm aranhas venenosas, morcegos chupadores de sangue e até cobras daquelas que têm guizos no rabo.

Davi, o chinesinho, disse que cobra com guizo no rabo se chamava cascavel e que uma pessoa picada por uma delas morria em menos de cinco minutos.

– Cruzes – disse Cíntia, toda arrepiada. – Eu é que não boto os meus pés nessa casa. Deus me livre!

– Pois eu entro – disse Daniel, disposto a mostrar coragem.

– Calma – recomendou Rodrigo, impaciente. – Primeiro a gente precisa ver a casa. Para falar a verdade, eu só sei que fica nesta direção. A gente vai por aquela picada, depois do portão de arame farpado. Caminha bastante. Passa por dentro do mato e cruza um riozinho que desce lá de cima. É só a gente prestar muita atenção e, quando chegar bem no alto, cada um deve seguir por um caminho. Assim, um de nós terminará encontrando o casarão da vovó.

– E podemos entrar? – quis saber Adriana, esfregando as mãos.

– Não – disse Rodrigo. – Vamos só olhar por fora. Não convém nem chegar muito perto. Olhem o que o papai disse...

– O pai da gente – disse Cíntia – sempre acha tudo muito perigoso.

– Afinal, vamos entrar na casa velha ou não vamos? – quis saber Daniel.

– Vocês querem saber de uma coisa? – disse Rodrigo, levantando-se. – Se cada um vai dar seu palpite e ninguém seguir os meus conselhos, nada feito. Não vou mostrar casa nenhuma e fica o dito pelo não dito. Estamos entendidos?

– Não – disse Adriana. – O Rodrigo tem toda a razão. Ele é mais velho e a gente deve fazer direitinho tudo o que ele mandar.

Ficaram todos calados. Adriana teve uma ideia:

– Quem está de acordo levanta a mão direita, assim.

Todos imitaram o seu gesto, concordando. Daniel custou um pouco, mas terminou por acompanhar os amigos, meio contrariado.

– E quando a gente vai procurar o casarão? – perguntou Eduardo, <u>antegozando</u> a descoberta do grande segredo.

– Primeiro, almoçar – disse Rodrigo. – Depois a gente diz que vai dar um passeio para baixar a comida, que ninguém vai muito longe, mas aqui por perto mesmo, ao alcance de um grito, só para conhecer um pouco mais o sítio.

– Quem sabe cada um leva um lanche para a gente poder dizer que vai brincar de piquenique? Um passeio para apanhar pitangas e amoras – disse Eduardo.

Neste momento, ouviram latidos e viram duas pequenas sombras que corriam pelos caminhos entre o capinzal, na direção deles.

– Rafaelo e Dolores nos enxergaram – disse Rodrigo – e vêm para cá. Isto é muito bom. Se os cachorrinhos nos acompanharem, a mamãe fica mais descansada. Cachorro é um bichinho que vê cobra e outros animais venenosos de longe e dá o alarme. É mais garantido.

Os dois animaizinhos chegaram sem fôlego e doidos de alegria, pulando nos braços deles e tentando lamber a cara de cada um. Adriana olhou na direção da casa nova e disse:

– Vocês não acham que esses dois podem nos atrapalhar?

– Não sei por quê – disse Daniel. – Além do mais, vamos colocar as <u>peiteiras</u> neles com as <u>trelas</u>. Acho bom que eles nos acompanhem. O nosso faro não chega aos pés do deles. Eu levo o Rafaelo.

– E eu levo a Dolores – disse Adriana, antes que alguém pedisse a mesma coisa.

Viram o pai fazendo sinais com os braços e gritando que o churrasco estava pronto, que regressassem depressa. Rodrigo fez um sinal e recomendou pela última vez:

– Ninguém fala sobre esta casa velha e o que se conversou aqui. Isto é segredo de morte. Ouviram bem? – Virou-se para as meninas: – Mulher não consegue guardar segredo, mas desta vez quero bico calado.
– Olha só o jeito dele – disse Adriana. – Outro dia a gente combinou uma coisa e ele foi o primeiro a falar na mesa, diante do papai e da mamãe. E agora diz que só mulher é que não sabe guardar segredo. O topete dele!
– Sua boba, naquele dia eu esqueci e falei sem querer. Eu estava distraído – disse Rodrigo, fazendo um sinal para irem embora depressa.

Rafaelo e Dolores saíram na frente, em disparada louca, e eles correram atrás, velozes, como se não tivessem sobre os ombros o peso de um grande segredo.

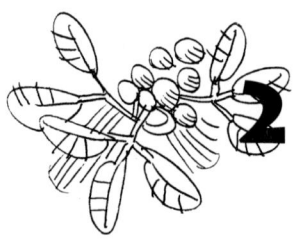

OS MAIS VELHOS DEITARAM-SE em redes para a sesta, alguns sumiram pelos quartos e outros se espicharam nas cadeiras preguiçosas da sala de estar, enquanto os cachorros velhos roíam ossos de costela pelos cantos do alpendre.
Adriana buscou uma sacola de plástico e foi catar ossinhos para Rafaelo e Dolores. Rodrigo pegou garrafas de refrigerantes e gordos nacos de torta. Os dois se cruzavam nos preparativos. Daniel, Eduardo, Davi e Cíntia, quietos, com medo de levantar suspeitas, trocavam olhares nervosos. Nenhum deles abria a boca para dizer uma palavra, com temor de revelar o grande segredo.
Quando as sacolas estavam abastecidas, Rodrigo fez aos amiguinhos um sinal que nenhum deles entendeu e aproximou-se da rede onde o pai descansava, de barriga cheia como uma jiboia das selvas amazônicas.
Bateu no braço dele:
– Pai, nós vamos dar uma volta aqui por perto.

– Aonde é que vocês vão? – quis saber, meio adormecido.
– Por ali, logo depois do portãozinho. Rafaelo e Dolores vão com a gente, têm ossinhos para eles e nós levamos sacolas com bebidas e doces.
– Então o negócio é um piquenique – disse o pai, olhos quase fechados de tanto sono.
– Mais ou menos – disse Rodrigo.
– Cuidado, hein? Não se afastem muito, quero todos ao alcance da minha voz. Podem ir e não façam barulho.
Todos se entreolharam. Adriana não conteve um riso nervoso, mas tapou a boca com a mão espalmada. Davi fez um sinal para que não perdessem tempo. Daniel e Eduardo recolheram as sacolas que estavam na cozinha. Cíntia e Rodrigo trataram de prender as trelas nos cachorrinhos, que pareciam adivinhar um começo de aventura. Adriana ficou encarregada de Dolores e Daniel assumiu o controle de Rafaelo.

Saíram pela porta dos fundos, tomaram a trilha da figueira e, sempre em silêncio, encaminharam-se para a pequena porteira de fios de arame farpado, que nem foi preciso abrir. Todos preferiram passar por entre os fios, sempre ajudados por outro, que afastava as farpas perigosas. Eduardo, sem muita prática, prendeu o fundilho numa delas e foi logo socorrido por Davi, mas não escapou de deixar um pedaço da calça grudado no arame. Eduardo passou a mão no traseiro:
– E logo aqui – disse ele, chateado.
A estradinha de terra batida e úmida fazia voltas e mais voltas. A cada passo o mato ia ficando mais cerrado. Galhos baixos davam laçaços na cara e no peito deles e, de vez em quando, um distraído se deixava prender pelo pé num cipó traiçoeiro.

Cíntia agarrou a mão de Adriana e cochichou que estava com vontade de voltar. Disse que o mato era muito fechado e que ali, debaixo das árvores, parecia que a noite morava lá dentro.
– Bobagens! – disse Rodrigo, ouvindo a conversa. – Olha lá pra cima e vê como o sol está forte e alto. Eu até acho que aqui debaixo das árvores está bem mais fresquinho.

Houve um momento de susto, quando Daniel deu um grito:
— Framboesa, pessoal!

Davi correu primeiro e pediu que ninguém tocasse nos pés de framboesa. As frutinhas ficavam escondidas debaixo das folhas, que eram cheias de espinhos venenosos.

— Espinhos eu sei que essas folhas têm — disse Rodrigo — mas não são venenosos coisa nenhuma. Levantem as folhas com cuidado, assim, com a ponta dos dedos, e vejam que bonitas são as frutinhas.

Colheu algumas para Cíntia e Adriana, que estavam com medo de aproximar-se das plantas baixinhas, e ainda outras para Daniel, que também ficara de longe por causa do cachorrinho, que podia ferir-se nos espinhos. Cíntia provou uma delas:

— Não tem gosto de quase nada. É até amarguinha.

— Pois eu adorei — disse Adriana, que não gostava de coisas doces.

— Vamos em frente — comandou Rodrigo, impaciente. — Se a gente vai parar em todo o lugar que tem framboesa ou pitanga, não vamos chegar nunca na casa da vovó. Em outro dia a gente toma uma indigestão de tudo isso.

PROSSEGUIRAM EM FRENTE, DANIEL em primeiro lugar, quase puxado pelo Rafaelo, que latia sem cessar e tudo farejava. Cíntia e Adriana de cerra-fila, com Dolores, que latia como aqueles bichinhos de pelúcia. Afinal, chegaram ao riozinho que corria borbulhante por entre pedras e galhos podres.

— Este é o rio — disse Rodrigo, solene.

— Rio com esse pouquinho d'água que a gente passa num pulo? — disse Daniel, decepcionado.

— Eu pensei que fosse daqueles rios de atravessar com água pelo pescoço — disse Eduardo, gaguejando um pouco, de emoção.

— Seja como for — disse Rodrigo — é um rio. Além do mais, eu não tenho um rio maior para mostrar para vocês. E eu quero ver alguém atravessar este aqui sem molhar pelo menos os pés.

Davi <u>agachou-se</u>, passou a mão espalmada num <u>remanso</u> do riozinho e mostrou as aranhas pretas e chatas que corriam velozes pela superfície da água. Adriana arrepiou-se toda e disse que não metia os pés naquele rio. Cíntia repetiu a mesma coisa. Rodrigo abriu os braços, aborrecido:

— Ora, ora, vamos deixar dessas coisas ou vocês duas voltam agora mesmo para casa. Resolvam. Quem não estiver com medo que siga em frente. Entendido?

As duas se entreolharam e, por fim, Adriana disse:

— Está bem, a gente vai e pronto, seu chato, mas não custa nada vocês deitarem aquele tronquinho ali por cima da água e nós duas atravessamos em cima dele, como se fosse uma ponte ou coisa parecida.

— Cavalheiros — disse Eduardo —, vamos fazer a vontade das damas, elas merecem.

Rodrigo concordou para evitar que as duas estragassem o passeio. Ele, Eduardo e Daniel carregaram a tora com dificuldade e muito esforço, enfiando os pés na água geladinha, e terminaram por instalar uma ponte segura num lugar onde o córrego era mais estreito. Então Rodrigo virou-se para as meninas, fez uma curvatura exagerada e disse:

– As senhoras tenham a bondade de passar!

Rafaelo e Dolores passaram por dentro da água cristalina e teriam ficado ali se espojando, se Daniel e Adriana não puxassem as trelas, obrigando-os a seguirem viagem.

– Será que o casarão fica muito longe daqui? – quis saber Davi.

– Calma – disse Rodrigo. – Ainda falta muito.

Agora eles venciam o caminho tortuoso agarrando-se em galhos e cipós, até que chegaram a uma espécie de platô, com uma larga clareira ensolarada. Bem no meio daquele vazio de árvores havia um pequeno lago manso e espelhado que refletia o céu azul e as poucas nuvens brancas como flocos de algodão, que se moviam lentamente.

– Que lugar bonito para a gente acampar – disse Davi.

– Muito bonito – concordou Rodrigo – mas num outro fim de semana. Hoje eu quero encontrar o casarão. Vamos adiante. Vejam lá aquela estradinha, agora todo mundo naquela direção. Não devemos perder tempo.

Rafaelo e Dolores queriam à força caçar os filhotes de sapo que dormitavam nas pequenas poças isoladas do lago. Daniel lembrou que aquelas lagoas eram muito perigosas porque o fundo era feito só de lama, e quando as pessoas enterravam os pés naquilo, não conseguiam mais sair e, aos poucos, eram tragadas pelas águas.

– Vai me dizer que aí no fundo tem areia movediça? – perguntou Eduardo.

– Mais ou menos. Eu li isso num livro, outro dia.

Contornaram as suas margens com cuidado e chegaram à estradinha que abria caminho, novamente, para o mato escuro. Cíntia e Adriana, sempre de mãos dadas, continham Dolores, que já corria de língua de fora, arfando, e tentava, mesmo assim, caçar pequenas borboletas que pousavam de flor em flor.

Daniel continuava à frente, com Rafaelo a latir sem parar.

Mais uma vez eles viram que o sol desaparecia, tragado pela ramagem das árvores, e a trama dos cipós se fechava quase ao ponto de impedir a caminhada na estradinha que, de vez em quando, chegava a sumir, de tão pouco trilhada.

Quando o caminho se mostrava confuso demais, Rodrigo avançava e fazia uma exploração demorada, até encontrar a trilha mais adiante.

– Eu estou com medo de me perder – disse Cíntia, chorosa.
– Eu também – confessou Eduardo.
– Eu também – repetiu Adriana.

Rodrigo deu ordem para que todos se calassem. Ninguém ia se perder coisa nenhuma. Aqueles que continuassem a falar bem que podiam engolir uma daquelas nojentas moscas varejeiras de cor azul-prateado.

O silêncio foi quase total. Só se ouvia a respiração forte de Dolores e os latidos do Rafaelo, que forçava a trela.

CÍNTIA E ADRIANA JÁ estavam cansadas.

– Afinal, não acaba nunca esta estradinha – disse Adriana, procurando um lugar qualquer para sentar-se.

Rodrigo aconselhou marcha batida. Lembrou que, se alguém sentasse na beira daquele caminho, podia esmagar uma cobra. Quando as duas ouviram falar em cobra, engoliram o cansaço e lá se foram, ofegantes.

Daniel deu uma parada e agachou-se para ver alguma coisa no chão. Davi aproximou-se dele e quis saber se era algum bicho.

– Menino, nunca vi formiga maior na minha vida. Eduardo e Rodrigo também foram ver.

– É formiga saúva, das cortadeiras – disse Rodrigo.

– E elas mordem? – quis saber Davi.

– Se mordem! – disse Rodrigo, fazendo sinal para que continuassem a marcha. – Bota a mão no meio do carreiro...

Logo depois Rodrigo chegou numa pequena elevação. Notou que havia mais duas estradinhas além daquela onde eles caminhavam. Fez uma demorada exploração, esperou que os outros chegassem e disse:

– Vamos fazer uma coisa: nós somos seis, dois seguem por aquele caminho, dois por aquele outro e dois continuam por este mesmo. Outra coisa importante: ninguém deve andar mais do que cem passos. Prestem atenção: cem passos bem contadinhos. Se não encontrarem nada, voltem para este ponto aqui para iniciarmos a caminhada de retorno à nossa casa. E assim a gente deixa para outro dia uma nova exploração.

– Quer dizer que é bem capaz de ninguém encontrar a casa? – perguntou Daniel.

– Eu não falei que a gente não ia encontrar – disse Rodrigo. – Eu disse que a gente pode não encontrar hoje. A não ser que se perca a tarde toda procurando e volte de noite para casa.

– Espera aí – disse Eduardo. – Eu não quero voltar de noite, caminhando no meio deste mato.

– Pois é isto mesmo que estou dizendo – respondeu Rodrigo. – Ninguém quer voltar de noite. E agora vamos logo tratar de fazer o que eu disse. Daniel e Adriana seguem por aquela estradinha. Eduardo e Davi por aquela outra e eu e Cíntia continuamos por esta aqui. Se alguém descobrir a casa, deve gritar bem alto, chamando os outros, e todo mundo se reúne antes de avançar.

Adriana passou a trela de Dolores para as mãos de Cíntia, pois Daniel já levava o outro cachorrinho. Ao pegar a mão de Cíntia, Rodrigo notou que ela tremia, assustada.

– Vamos recomeçar a caminhada – disse Rodrigo. – Nada de medo bobo, a gente está dentro do sítio e aqui não tem bicho nenhum.

– Nem coruja? – perguntou Adriana.
– Ora, coruja não é bicho – disse Rodrigo.
– Não tem onça? – quis saber Eduardo.
– Bem, onça existe por aqui – disse Rodrigo –, mas elas hoje fugiram para longe com medo dos leões e dos tigres.

Todo mundo achou graça, menos Eduardo, que ficou pálido, e Cíntia, que chegou a fazer beicinho. Rodrigo bateu palmas e mandou que começassem logo a caminhar, sem esquecer de contar os passos. Ali não havia onça, nem tigre, nem leão ou nenhum outro bicho e tampouco lobisomem. Todos obedeceram.

As duplas caminhavam em silêncio, com exceção de Dolores e Rafaelo, que latiam sem parar. Sem saber bem por que, Rodrigo estava certo de que um daqueles caminhos ia dar na casa velha. E ele caminhava com esperança, contando sempre os passos.

Quando Eduardo contava 89 passos – Davi a dizer que ele contara apenas 82 –, viu à sua frente uma grande clareira e, bem no meio dela, como algo inacreditável, assim como se tivesse visto um disco voador, a casa velha do sítio, imponente como um castelo em ruínas. Imponente e triste, ao mesmo tempo. Uma grande escada dupla na fachada principal, janelas com postigos quebrados, portas apodrecidas, o capinzal alto quase encobrindo as pequenas janelas dos porões, e trepadeiras floridas envolvendo as janelas do sótão. Eduardo quis gritar, mas sentiu que perdera a voz. Não conseguia emitir um som. Davi foi o primeiro a chamar pelos outros, sem querer acreditar no que estava à sua frente. Afinal, ele e Eduardo haviam descoberto a casa velha.

– Venham aqui, olhem o casarão, venham correndo, Rodrigo, Daniel, Adriana! Venham ver a casa, ela está aqui!

Eduardo contou três janelas de cada lado da escada central, que levava a uma imensa porta de madeira lavrada, carcomida pelo tempo, pela chuva e pelo sol de tantos anos. Notou que uma parede lateral estava rachada e que, se uma pessoa chegasse ali perto, até podia espiar para saber o que havia lá dentro.

Ouviram a corrida dos outros. Rodrigo, Cíntia e Dolores foram os primeiros a chegar. Logo depois, Daniel, Adriana e Rafaelo.

Houve um encantamento geral. Todos boquiabertos, não querendo acreditar no que os olhos estavam vendo.

– Que maravilha! – exclamou Rodrigo, emocionado.

– Que beleza – disse Adriana, com lágrimas a escorrer pelo rosto.

– Deve ser mal-assombrada – disse Eduardo.

Os cachorrinhos puxavam as trelas e queriam correr na direção da casa, como se vissem alguma coisa que nenhum deles conseguia enxergar.

– Escutem aqui – disse Rodrigo, um pouco nervoso. – Todos devem caminhar juntos, com cuidado. Ninguém deve chegar muito perto. Eu vou na frente e todos me seguem.

– Olhem lá uma porta quase aberta! – disse Davi.

– Eu já disse que hoje ninguém vai entrar na casa. Não adianta porta aberta – disse Rodrigo, querendo impor-se.

– Está bem, está bem – disse Adriana. – O Rodrigo, agora, acha que vai mandar em todos nós.

O irmão parou na frente dela, botou as mãos na cintura e disse:

– Pois se a senhora não quer assim, muito bem, eu vou voltar agora e vocês que se arranjem.

Davi <u>acorreu</u> logo:

– Esperem aí, nada disso. O Rodrigo é o mais velho e nós vamos seguir as ordens dele. Eu nunca entrei num mato, esta é a primeira vez. Vocês não estão de acordo?

Todos disseram que Davi estava certo e, antes de iniciarem a exploração em torno do casarão, passaram por Adriana e fizeram caretas de desaprovação.

– Muito bem – disse ela, contrariada. – O Rodrigo sempre tem razão.

– RODRIGO, SERÁ QUE NÃO tem cobra no meio deste capim? – disse Cíntia, encolhendo-se num pedaço de chão limpo.
– Esperem um pouco – disse ele. – Cíntia tem razão. Cada um deve pegar uma vara comprida e caminhar batendo com ela no capim, para todos os lados. Assim espantam-se as cobras e até mesmo as aranhas, daquelas grandes, que gostam de tomar sol em cima destas pedras no caminho.
Daniel encontrou logo duas varas boas. Davi conseguiu mais três e Cíntia viu que, sob seus pés, havia uma das melhores.
– Pronto, agora estamos bem armados – disse Eduardo.
Iniciaram a caminhada lentamente, passo a passo, sempre a baterem com as varas no capim alto. Aos poucos foram contornando a casa. Viam as janelas do porão sem tampos e nem grades, os beirais com plantas viçosas. Na parte dos fundos, havia uma outra escada, mas de um lance só. Logo adiante, um poço abandonado, um pequeno galpão sem paredes, só o esqueleto das <u>traves</u> e <u>barrotes</u>. Pés de laranjeira e de limão e duas enormes goiabeiras envolvidas por trepadeiras. Foi logo depois que Cíntia deu um grito de pavor, agarrando-se forte em Adriana. Dera com os olhos num lagartão sobre uma pedra quase junto dela, tomando banho no resto de sol que havia. Todos bateram forte com as varas no chão e o bicho sumiu como fumaça soprada pelo vento.
Cíntia esperou um pouco para que o coração não pulasse tanto dentro do peito e continuou a caminhada com os demais. Olhavam assustados para as paredes do casarão quase sem reboco, notando aqui e ali que a pintura antiga tinha sido cor-de-rosa e que ainda havia janelas com tampos inteiros e até bem conservados.
Rodrigo olhou para o céu e viu que a tarde ia alta. Era preciso que não se demorassem tanto, caso contrário a noite os pegaria

dentro do mato. O sol estava muito baixo. Daniel notara que Rodrigo olhara para cima e fez o mesmo. Apontou para o céu e disse que lá estava a lua.

— Não é bom a gente voltar de uma vez? — disse Daniel.

Mas o casarão em ruínas transmitia tal encantamento a todos que ninguém queria mesmo voltar sem antes explorar todos os lados. Havia ninho de passarinho em quase todos os beirais. Até nos cantos das janelas apodrecidas. Dependuradas, bem no alto, grandes casas de marimbondo, como se fossem peras gigantescas, estranhamente cobertas por espinhos. Estavam agora do outro lado da casa. Uma porta quebrada deixava ver um pedaço de porão, escuro e misterioso. O pretume de noite que eles <u>divisavam</u> lá dentro engolia as pequenas lagartixas que fugiam por causa do barulho e dos movimentos estranhos.

— É melhor a gente tratar de ir dando o fora — disse Rodrigo, notando que o sol estava cada vez mais fraco e mais baixo no horizonte.

Foi quando Adriana olhou para o céu, daquele lado da casa, e disse:

— Que coisa engraçada, daqui a gente vê outra lua!

Ninguém ligou para o que ela tinha dito e chegaram novamente na parte da frente da casa. Mais uma vez Adriana exclamou, assustada:

— Cruzes, olhem lá! Tem outra lua deste lado!

Todos obedeceram e olharam para o céu, que estava com largas manchas escuras e com a luminosidade dourada dos fins de tarde. Daniel exclamou:

— Adriana tem razão! Eu também estava contando. Esta casa tem mesmo quatro luas!

— É verdade — disse Eduardo. — Eu também vi quatro luas!

Rodrigo não quis comentar nada, afinal a impressão dele tinha sido a mesma, mas não queria confessar isto porque achava um absurdo. Nunca ouvira falar em casa alguma que tivesse mais de uma lua. Mas aquele casarão metido a mal-assombrado bem que podia ser diferente de tudo o que ele vira na vida. Um pouco assustado também, comandou a marcha de volta:

— Vamos embora, a noite vem aí e, no escuro, a gente nunca vai encontrar a estradinha de volta. O pessoal lá em casa já deve estar preocupado. Queira Deus que não mandem alguém atrás de nós e aí descubram que desobedecemos.

Convocou todos para junto de si. Falou baixo e sério:

— Escutem aqui, ouçam bem, prestem atenção, não quero que ninguém banque o distraído: nada de abrir o bico e dizer que a gente encontrou a casa velha. Este deve ser o nosso maior segredo. Se alguém escorregar alguma coisa, seja para quem for, vai ser excomungado da nossa turma para o resto da vida.

Levantou o braço direito e disse:

– Vamos fazer um juramento solene. Quero que todos repitam comigo: juro que nunca vou dizer que achamos a casa velha!
Em coro, todos repetiram o juramento:
– Juro que nunca vou dizer que achamos a casa velha!
Rodrigo quis comprometer ainda mais o resto da turma:
– Repitam comigo: vou guardar este segredo até a morte!
– Juro que vou guardar este segredo até a morte – repetiram todos em coro, enquanto Rafaelo e Dolores latiam sem parar, como se jurassem também.
– Então vamos voltar logo – disse Rodrigo, dando o exemplo.
– E ninguém deve jogar fora a vara de espantar cobras e outros bichos. Vamos precisar delas.

Antes de penetrarem no mato, ainda deram um último olhar para o belo casarão misterioso que agora mergulhava nas sombras da tarde que morria. Lá ficava a casa imponente e silenciosa. Viram, então, horrorizados, os bandos de morcegos que saíam das aberturas no alto do telhado, ziguezagueando pelo céu banhado pela fraca luz do sol que desaparecia.

Retomaram os mesmos caminhos e, quando se preparavam para atravessar a pequena ponte feita de tronco sobre o riacho que corria lentamente, Daniel notou que Rafaelo latia de maneira diferente e que atravessava a água, coleando, uma cobra verde e transparente, como se fosse de vidro. Batendo sempre com as varas, conseguiram convencer Cíntia e Adriana que não havia mais perigo, e só quando chegaram nas proximidades da pequena porteira de arame farpado, perto da velha figueira amiga, foi que sentiram os corações aliviados.

Liberaram Rafaelo e Dolores das trelas e deixaram que os dois corressem para casa, anunciando o regresso da turma. Ouviram quando alguém chamava por eles. Quando chegaram à varanda iluminada, viram o pai com as mãos na cintura, cara fechada:

— Então era um passeio aqui por perto e me chegam a estas horas?

Rodrigo pediu para explicar. Disse que haviam feito um acampamento perto do riacho, num lugar muito limpinho e sem perigo, e ali tinham ficado sem se dar conta das horas, comendo as merendas.

A mãe dele começou a examinar a sacola de cada um e viu que nada do que fora levado havia sido tocado. Os doces ainda estavam ali embrulhados em guardanapos de papel. As garrafas de refrigerantes permaneciam fechadas. E até os ossinhos levados para Rafaelo e Dolores lá estavam, intocados. Mas ela preferiu não dizer nada para o marido, que parecia muito zangado com o atraso da turma. Determinou que todos imediatamente tomassem um banho: bastante sabonete, cabelos bem enxaguados, orelhas limpinhas e nada debaixo das unhas. Quando Rodrigo passou por ela, teve seu braço agarrado suavemente:

— Escuta aqui, meu filho, a gente podia conversar dois minutos antes do banho?

— Conversar? — estranhou ele, já um pouco nervoso.

— Afinal, onde vocês andaram metidos durante toda a tarde, pode-se saber?

— Ora, mamãe, foi aquilo que eu disse. Fizemos um piquenique na beira da lagoa e mais nada. A gente esqueceu das horas porque lá estava muito bom e fresquinho.

— Estiveram mesmo só na lagoa?

Ele baixou os olhos, ficou sem saber o que fazer com as mãos e perguntou se podia tomar banho para depois conversarem com calma.

— E gostaram das coisas que levaram nas sacolas?

— Ora, mamãe, claro que gostamos.

— E por que voltaram com todas elas exatamente como saíram daqui?

Ele sentiu que a mentira tinha mesmo as pernas muito curtas e começou a suar frio. Não podia revelar o segredo de morte que haviam jurado solenemente e sentia remorso diante de sua mãe por estar mentindo.

– Está bem – disse ela, passando a mão pelos seus cabelos sujos de folhas e pequenos galhos. – Amanhã eu sei que o meu filho vai contar tudo direitinho. Ninguém vai ficar zangado, nem mesmo o seu pai. Ele compreende todas essas coisas, mas detesta mentira. Ou o meu filho não sabe disto?

– Eu sei, mãe, mas agora eu quero tomar o meu banho. Estou morrendo de fome.

– Ótimo. Um bom banho morno, bastante sabão neste cabelo sujo e depois todo mundo para a mesa. Agora à noite tem bife com batatas fritas e uma panelada de milho cozido com sal.

Adriana foi tomar banho com Cíntia e não conseguia esquecer a emoção daquela aventura pelo meio do mato, entre bichos e mistérios.

– Que será que tem dentro daquela casa?

– Nem faço ideia – disse Cíntia. – Mas tomara que não tenha nenhum fantasma. Eu tenho horror de fantasma.

– Sabe – disse Adriana, entrando na banheira cheia de água morninha –, acho que não vai dar para a gente dormir esta noite. Se a gente dormir, acabará tendo pesadelo com tudo o que a gente viu no mato e ao redor do casarão.

– Fala baixo – disse Cíntia. – Tua mãe pode chegar aqui de repente e ouvir o nosso segredo.

– É mesmo. Só não quero sonhar com aquele <u>baita</u> lagarto que estava naquela pedra, com os olhinhos grudados na gente.

Cíntia começou a ensaboar os cabelos, olhinhos apertados para não deixar os olhos arderem, e disse:

– Sonho com lagarto não é sonho. É pesadelo.

– Cruzes! – disse Adriana.

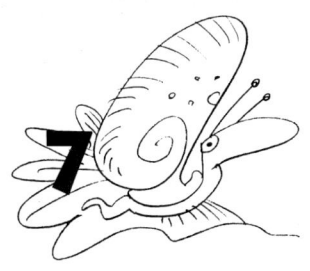

NO DIA SEGUINTE, LOGO DEPOIS DO CAFÉ, a turma foi sentar-se entre duas redes, num recanto da varanda. Adriana, ainda com sono, confessou com voz sumida que tivera muitos pesadelos durante a noite. O lagarto da pedra tinha o tamanho de um dragão, olhos e língua de fogo, como aqueles das histórias de fadas e bruxas. Os morcegos pareciam urubus, de tão grandes. E eles atacavam os lagartos como se fossem aviões de combate dos filmes de televisão. E ela sempre no meio daqueles bichos, com os pés grudados no chão e sem voz para dar um grito, pois ficara muda.

Davi, por sua vez, disse que havia sonhado também, mas não com bichos. Ele entrara na casa e, dentro dela, descobrira muitas arcas cheias de moedas de ouro, panos de seda e cristais que reluziam na escuridão como estrelas. Rodrigo disse a eles que era melhor deixarem de contar histórias, ninguém ali queria ouvir os seus sonhos bobos. Ele precisava falar coisas muito importantes e sérias: a mãe descobrira que eles não tinham comido as merendas e logo desconfiara de alguma coisa. Não dava para mentir, ele teria que contar tudo para os pais.

– Mas ninguém fez nada de mais e nem de menos – disse Adriana.

– Eu também acho – concordou Daniel.

– Claro que a gente não fez nada de errado – disse Rodrigo –, mas o papai recomendou que ninguém fosse muito longe, e eu mesmo prometi só dar uma voltinha e fazer um piquenique. E agora ele vai ficar sabendo que a gente foi longe e que descobrimos a casa da vovó, com bichos e fantasmas lá dentro, como ele sempre disse.

– Mas nós não entramos – disse Eduardo.

– Acontece que estivemos lá e ele não vai gostar da mentira de que era só uma voltinha por perto – disse Rodrigo.

Cíntia fez um sinal e segredou:
— Aí vem a mãe de vocês.
Ela aproximou-se, perguntando se todos haviam tomado café e se alguém ficara com fome.
— Dormiram bem?
Todos gritaram, quase ao mesmo tempo, que sim.
— Ninguém sonhou com cobras e outros bichos?
Alguns poucos disseram que não. Ela então se dirigiu para a filha, que se mantinha encolhida na rede, olhos muito arregalados:
— E a minha filhinha? Esta noite eu estive junto da cama dela e vi quando tinha um pesadelo com lagartos e morcegos. Ou estou enganada?
— Ah, é mesmo. Eu nem me lembrava mais — disse Adriana.
— Mas foi só um pesadelo como outro qualquer.
A mãe puxou um tamborete de madeira rústica e sentou-se no meio deles. Virou-se para o filho:
— Ontem à noite eu notei que todos voltaram com suas merendas inteirinhas e que ninguém comeu nada durante todo o piquenique. Afinal, houve mesmo o tal de piquenique?
Cada um deles, de olhos baixos, foi confessando que não. Depois ficaram mudos e constrangidos.
— Mas então o que fizeram durante toda a tarde?
Rodrigo ficou de pé, pediu que todos ficassem quietinhos e disse para sua mãe, que continuava tranquila, com os braços cruzados:
— Olha aqui, mãe, a gente resolveu conhecer o mato e o riozinho que vem lá de cima e, sem querer, foi indo, foi indo e, de repente, a gente topou com o casarão da vovó numa clareira no meio do mato.
— Ah, então foram até lá?
— Não é longe, mamãe — disse ele. — É uma casa bonita, mas toda abandonada e com mato até por dentro das janelas e em cima dos telhados.

– Mas ninguém entrou na casa, por curiosidade?
– Não, isso não – disse ele. – Só olhamos por fora, demos a volta pelos quatro lados e viemos embora porque a noite estava chegando.
– E vimos as quatro luas – disse Adriana, espevitada.
– Quatro luas? Mas que quatro luas foram estas que vocês viram? – quis saber a mãe dela, curiosa.

Nervosa, Adriana esfregava as mãos, foi para junto da mãe e contou, emocionada:
– Foi assim, mamãe: a gente olhava para o céu de cada lado da casa e sempre via uma lua. Ora, como a casa tem quatro lados, todo mundo viu quatro luas.

A mãe sorriu e terminou dizendo que, se todos haviam visto quatro luas, era sinal de que a casa tinha mesmo quatro luas e nem queria que jurassem pelo que haviam visto.

Cíntia repetiu, <u>enlevada</u>:
– Eu também vi as quatro luas.
– Muito bem, muito bem – disse a mãe, levantando-se. – Eu só queria dizer uma coisa: vou agora conversar com o pai de vocês e contar para ele onde de fato andaram ontem à tarde. Não fiquem assustados, eu vou tratar de fazer com que ele não fique zangado e até deixe vocês voltarem lá no outro sábado, pois hoje é aniversário da tia Júlia e ninguém vai passear pelo mato. Entendido?

Todos concordaram, aliviados. Quando ela desapareceu na porta, entrando na sala onde os adultos estavam reunidos, conversando animadamente, Rodrigo disse:
– Viram? Não é preciso a gente mentir. Eu aposto como o papai vai deixar a gente ir lá no sábado que vem.
– E será que ele deixa a gente entrar na casa? – perguntou Eduardo.

Rodrigo fez um gesto de irritação:
– Devagar, seu moço, nada de afobações. Cada coisa na sua horinha. Primeiro ele nos deixa ver o casarão por fora. Depois

permite que a gente espie lá para dentro. E depois eu sei que ele não vai proibir ninguém de entrar na casa, pois esse negócio de fantasma é conversa de criancinha de peito.

Todos continuavam calados. Ele concluiu com ares de entendido:

– Eu até sou capaz de apostar que, já no próximo sábado, a gente termina entrando na casa e descobrindo coisas de fazer um mudo falar. Eu sei que tem malões velhos no sótão e que, no porão, há milhões de coisas para a gente descobrir.

Davi disse que a semana ia custar muito a passar. Daniel confessou que ia contar os dias pelos dedos. Cíntia foi mais cautelosa:

– E se aquela casa estiver cheia de bichos grandes?

Rodrigo levantou os braços, como um <u>espadachim</u> de antigamente, e exclamou:

– Mataremos todos os bichos com as nossas espadas. E passaremos à história como "Os Descobridores"!

A partir daquele momento, de fato, as horas e os dias passaram a arrastar-se com a lentidão das lesmas. Mas todos eles conheciam a história da corrida entre a lebre e a tartaruga e sabiam que, mesmo andando devagar, terminariam por chegar onde queriam.

A DESCOBERTA

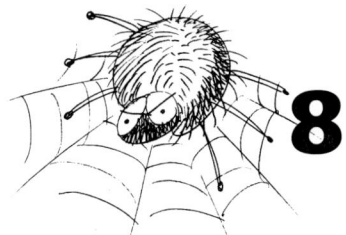

8

Naquele sábado, as pessoas olhavam para o céu e se perguntavam se não iria chover. Alguns diziam que, quando as nuvens surgiam daquele lado, na certa não choveria. Muitos duvidavam. Mas só depois do almoço é que o céu limpou quase de todo, e Rodrigo se encheu de coragem para falar com o pai sobre o assunto que fora a sua maior preocupação durante a semana. Adriana e Cíntia fingiam que estavam brincando no jardim. Daniel, Eduardo e o chinesinho Davi limpavam compridas varas, utilizando-se de canivetes de escoteiros. Os dois cachorrinhos, Rafaelo e Dolores, dormitavam na <u>soleira</u> da porta dos fundos, preocupados com as crianças, que podiam sair por ali, deixando-os em casa, sem passeio. O pai já estava na sua rede do alpendre, disposto a uma sesta gostosa, depois de tudo o que comera, quando notou que Rodrigo se aproximava, sentando-se numa banqueta a seu lado:

– Pai, a gente pode agora de tarde dar aquele passeio até a casa da vovó?

– Tua mãe passou toda a semana tentando me convencer, mas confesso que eu ainda não sei. A casa está abandonada há muitos anos, e tenho medo que vocês terminem querendo entrar naquelas ruínas. Por que não deixam para o outro fim de semana, que até eu sou capaz de ir junto? Há dias que ando pensando em dar uma boa caminhada.

– Mas pai, sempre depois do almoço tu te metes nesta rede e só acordas depois das cinco horas! Foi assim também na outra semana. E na outra.

– Mas que diabo! – exclamou o pai, fazendo cara de zangado. – Então a gente trabalha toda a semana e quando quer sestear um pouco, no sábado, os filhos vêm dizer que isso é proibido?

– Não é isso, pai. Se a gente vai esperar por ti, adeus ao nosso passeio, ninguém vai conhecer o sítio.
 – E agora me diz: por que o passeio deve ser na direção da casa velha?
 – Ora, a gente quer ver as coisas por lá. O Davi trouxe máquina de tirar retrato e nós pretendemos escrever um jornalzinho contando as histórias da casa da vovó.
 – Acontece que eu tenho medo que alguém se machuque. Está tudo velho e muito podre.
 – Pode deixar, pai, eu já tenho um plano para que ninguém faça bobagem. Eles me obedecem. E depois todo mundo volta cedo para o banho e para o jantar.
 – Está bem – disse o pai, quase fechando os olhos, de tanto sono. – Mas falem primeiro com a mãe de vocês e escutem o que ela tem a dizer.
 – Oba! Então deixa?
 Arrastando a voz cheia de sono, enquanto coçava a cabeça, ele resmungou:
 – Está bem, eu deixo, mas agora eu quero dormir e não façam barulho. E outra coisa: levem os cachorrinhos, senão eles ficam latindo o tempo todo e adeus sesta gostosa.
 Rodrigo nem queria acreditar na licença e saiu correndo em busca da mãe, que dava algumas ordens na cozinha. Adriana e Cíntia notaram que algo se passava e correram para perto de onde eles estavam. Queriam ouvir a conversa dos dois.
 – Mãe – disse Rodrigo, quase gritando –, o papai deixou.
 – Deixou o que, meu filho?
 – Que a gente vá passear lá para os lados da casa da vovó.
 – Mas sem entrar naquela casa, não é mesmo?
 – Não. O papai disse que a gente pode até entrar, mas com muito cuidado, aquilo lá está podre e alguém pode se machucar.
 – Este teu pai está mesmo ficando de miolo mole – disse ela, nervosa. – Então ele não sabe que é perigoso entrar naquela casa?

– Mas ele deixou, mãe – disse Rodrigo. – E tu agora não vais desmanchar o prazer dos outros. E olha: não adianta ir lá discutir a coisa com ele, porque, quando eu vim para cá, ele já estava até roncando.

A mãe enxugou as mãos num pano de prato, sentou-se numa banqueta e puxou o filho para perto:
– Escuta aqui, Rodrigo. Eu também vou deixar, mas tenho muito medo de tudo isso. Pode cair uma porta daquelas pesadas em cima de alguém, o assoalho pode desmoronar com qualquer peso, deve haver muita aranha e outros bichos. Não sei não, mas estou com muito medo. É alguma coisa que me diz aqui por dentro...
– Ora, mamãe, a gente não é mais criancinha. Eu sei de tudo isso e vou cuidar bem do resto da turma. Sabe de uma coisa? Vamos levar uma caixinha de pronto-socorro para o caso de alguém se ferir. Eles só vão passar de uma peça para outra depois que eu examinar as paredes, as portas e o assoalho. Pode deixar, mamãe, que não vai acontecer nada do que a senhora tem medo.

Cíntia e Adriana tremiam de emoção diante da notícia. Afastaram-se sem fazer ruído para que eles não soubessem que elas haviam escutado tudo e correram para junto dos outros, no jardim.

– Rodrigo convenceu papai e mamãe a deixarem a gente ir lá na casa velha da vovó – disse Adriana, quase sem fôlego.

Eduardo, Daniel e Davi quase não podiam acreditar.
– É mesmo verdade? – perguntou Daniel.
– A mais pura verdade – disse Cíntia. – Eu ouvi tudo junto da Adriana. A mãe dela disse que as portas podem cair na cabeça da gente, que o assoalho pode afundar, e disse ainda que tem muito bicho lá por dentro.
– Cruzes! – exclamou Eduardo. – Eu já estou ficando com medo.
– Pois eu não – disse Daniel, demonstrando coragem.

Adriana virou-se para o chinesinho:
– E tu, Davi, também estás com medo de ir na casa da vovó?

– Eu? Medo? Essa é muito boa!
Adriana esfregava as mãos e disse que Rodrigo ia levar uma caixa de pronto-socorro para o caso de alguém sair ferido. A conversa assustou Eduardo:
– Mas a gente pode sair ferido?
– Claro – disse Daniel –, quando a gente sai para a chuva, o que pode acontecer é sair molhado. Se a gente entrar numa casa velha, pode muito bem se machucar com pregos enferrujados, felpas de madeira, vidros quebrados...
– Bichos escondidos entre as coisas velhas, como aranhas e cobras – disse Cíntia.
– E quem vai saber lidar com os remédios da caixa? – quis saber Eduardo.
– O Rodrigo sabe – disse Adriana, com um certo orgulho do irmão. – No mês passado, eu arranhei o joelho andando de bicicleta e foi ele quem fez o curativo. Passou mertiolato e cobriu a feridinha com algodão e esparadrapo. No dia seguinte, nem eu sabia mais onde andava a ferida.
Nisso surgiu Rodrigo, ar vitorioso, decidido:
– Os velhos deixaram a gente ir lá na casa da vovó. Deu tudo certo.
– Novidade – disse Adriana. – Eu estava lá perto da cozinha e ouvi a tua conversa com mamãe. E olha, já contei tudo para o resto da turma.
– Sua <u>enxerida</u>! – exclamou Rodrigo, indignado. – Vocês duas não passam de umas <u>bisbilhoteiras</u>. Mereciam até que a gente fosse ver a casa da vovó e deixasse as duas aqui, como castigo.
– Mas eu não contei nada – disse Cíntia.
– Ou nós duas vamos junto ou vou agora mesmo fazer algazarra lá perto da rede do papai! – exclamou Adriana, <u>fazendo menção de</u> cumprir a ameaça.
– Fica quieta – disse Rodrigo. – E agora vamos todos lá para o quarto dos fundos preparar as coisas. Não se pode perder um minuto.

Olhou bem para o céu e viu que as nuvens tinham sumido e que o dia ficara maravilhoso para a grande aventura. Dolores e Rafaelo estavam ao lado deles, como se entendessem o que conversavam. Correram todos para o quarto, fecharam a porta, e Rodrigo comandou os preparativos. As varas compridas estavam lá, a caixa de remédios, as sacolas e alguns vidros vazios para o caso de pegarem algum bicho pequeno durante a exploração. Rodrigo disse para Adriana e Cíntia buscarem os sanduíches que a mãe já devia ter preparado na cozinha, meia dúzia de garrafas de refrigerante e ainda alguns saquinhos com biscoitos e caramelos.

– Desta vez nós vamos mesmo fazer um piquenique durante o passeio – disse Daniel, lambendo os beiços.

– Um piquenique dentro da casa da vovó – disse Adriana, que já saía com Cíntia na direção da cozinha.

Rodrigo abriu a caixa dos primeiros socorros e viu que tudo estava ali, direitinho, pois ela não havia sido usada desde que o pai a trouxera para o sítio.

– E se um de nós for mordido por uma cobra? – disse Daniel.

– Bem – replicou Rodrigo –, eu espero que ninguém seja picado por uma cobra. Para isso é que a gente leva essas varas aí. A minha tem até <u>forquilha</u> na ponta, que é para pegar cobra sem nenhum perigo. A gente prende o pescoço dela no chão e depois é só agarrar com os dedos que a cobra não consegue virar a cabeça para picar. Deixem isso comigo.

– E além disso Dolores e Rafaelo podem dar o aviso – disse Davi.

– Isso mesmo – concordou Rodrigo. – Mas nós temos que andar sempre juntos e tomar todo o cuidado. Se acontecer alguma coisa, adeus passeio de sábado.

Cada um pegou seus pertences. Todos muniram-se das varas, que eram fortes e flexíveis, e foram encontrar-se com as meninas, que já regressavam com as sacolas cheias de comes e bebes. Adriana pediu um tempinho de dois minutos para que ela e Cíntia fossem trocar os sapatos abertos por botinhas de cano alto. Enquanto isso, os rapazes iniciavam a caminhada, dizendo que o encontro de todos seria debaixo da figueira grande, antes de passarem a cerca que separava o gramado do mato.

Dolores e Rafaelo, já presos nas suas peiteiras, foram levados por Davi e Eduardo. Rodrigo pediu que carregassem os cachorrinhos no colo até a figueira, pois temia que, se eles latissem, terminariam por acordar o pai, e ele podia arrepender-se da licença dada.

Minutos depois, estavam sentados nas raízes altas da árvore, combinando as últimas medidas. Rodrigo exigia que todos seguissem suas ordens, pois ficara como responsável pelo grupo.

Dirigiram-se para a cerca, logo depois da chegada das meninas. Eduardo e Daniel separaram dois fios do arame farpado e os outros trataram de passar com cuidado. Depois, Rodrigo e Davi fizeram o mesmo e todos atravessaram o limite. Iniciaram a caminhada pela estradinha <u>ensombrada</u>, mudos e vigilantes. Havia começado a grande aventura. No silêncio da mata, só se ouviam os latidos dos dois cachorrinhos, que davam a impressão de saber para onde se dirigiam. À frente de todos, Rodrigo.

Afinal, ele era o comandante do grupo dos descobridores.

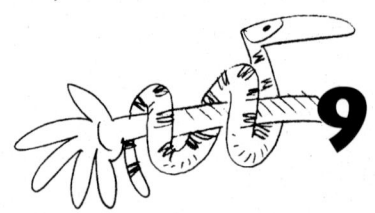

A PRIMEIRA PARADA FOI para atravessar o pequeno riacho. A tora que fazia as vezes de ponte sumira. Rodrigo não quis saber de conversa:

– Nada de ponte. Se vocês duas têm medo de passar nessa aguinha aí, então voltem para casa e pronto.

Cíntia pediu a Davi que lhe passasse a trela de Rafaelo, e Adriana pediu a Eduardo que deixasse Dolores seguir com ela. Assim ganhavam mais coragem para enfrentar os perigos da mata. Em pequenos saltos, as duas atravessaram a água, puxando os cachorrinhos, que não queriam mais sair do córrego, tentando abocanhar os filhotes de sapo, que fugiam espavoridos. Rodrigo passou para a frente e recomendou a todos que o seguissem. Queria chegar na velha casa o mais cedo possível. Passaram pelas framboesas e Adriana comentou:

– Puxa vida, nem dá tempo para comer umas frutinhas!

– É melhor assim – disse Cíntia – porque senão a gente termina espetando os dedos nesses espinhos.

Todos batiam com as varas no chão, principalmente sobre as moitas altas de capim, pois assim não haveria o perigo de cobras.

Eduardo achou que estava ficando muito escuro, e Daniel quis saber se era noite mesmo ou era porque as árvores grandes não deixavam passar a luz do dia. Davi recomendou que eles calassem a boca, pois assim não corriam o risco de dizer bobagens. Rodrigo diminuiu a marcha e, quando viu os outros dois caminhos à frente, revelou estar em dúvida quanto ao rumo certo. Daniel aproximou-se e apontou para um deles:

– É por aquele ali, me lembro bem.

Adriana pediu que a deixassem passar para a frente com Dolores. A cachorrinha tinha mais faro. E não deu outra coisa. Dolores arrastou Adriana pelo caminho ensombrado. Todos a seguiram. E ela <u>enveredou</u> pelo caminho, orgulhosa.

– Engraçado – disse Davi –, cachorro sabe mais das coisas do que a gente mesmo.

– Que nada – disse Rodrigo, passando para a frente. – Eu sabia também que a estrada era esta.

— Olha o convencido — disse Adriana.

Por fim chegaram perto da clareira onde ficava a casa. Todos permaneciam calados, cada um com medo de que os outros ouvissem as batidas do seu coração. Adriana apontou com o dedo, trêmula:

— É a nossa casa das quatro luas!

— Vamos deixar de tanta conversa — disse Rodrigo. — O negócio agora é andar depressa para que a gente tenha bastante tempo para explorar tudo o que há nesta casa.

— Cruzes! — exclamou Eduardo, quase sem fôlego. — Eu nem chego a acreditar que tudo isso seja verdade.

Davi e Daniel seguiram em frente, batendo sempre com as varas nas touceiras de capim e nas ervas daninhas, todas muito altas e fechadas. Foi quando Rodrigo gritou para Adriana, puxando-a pelo braço, num repelão:

— Olha uma cobra aí!

Adriana sentiu que as suas pernas não lhe obedeciam mais. Ficou paralisada onde estava. O irmão aproximou-se lentamente, até que chegou bem perto e bateu sobre a cobra, que ainda tentou fugir para o lado de Daniel e de Davi. Os dois deram um pulo, ao mesmo tempo, e bateram com suas varas, tentando acertar o bicho, que terminou ficando assustado e enroscou-se junto a uma pedra. Rodrigo ordenou que todos ficassem quietos, afinal ele estava com a vara de forquilha na ponta: ia tentar pegar a cobra. Cíntia engolia em seco e apertava Rafaelo no colo, temendo que ele saltasse para o chão. Rodrigo foi chegando, chegando, até ficar com a forquilha a menos de um palmo de distância da cobra e, finalmente, esticou o braço e prendeu a cabeça dela de encontro ao chão. Agachou-se, vitorioso, e tratou de segurar o animal com dois dedos, logo atrás da cabeça, pois assim não haveria o perigo de sofrer uma picada. Foi o que fez, tirando a vara com cuidado e, finalmente, levantou a cobra, que se contorcia em desespero, procurando enrolar seu corpo brilhante no braço do caçador.

— Cuidado, Rodrigo! — gritou Adriana.

— Ela vai fugir! — gritou Daniel.

Mal eles terminaram de gritar, Rodrigo afrouxou os dedos e deixou que a cobra se livrasse. Quando se desprendia, o corpo ainda meio enrolado no braço dele, picou as costas da sua mão e aproveitou-se para escapulir assim que tocou o chão.

– Ela te mordeu – disse Eduardo, quase a chorar.
– Pode ser venenosa – disse Cíntia.
– Nada disso, seus bobos – disse Davi, que sabia alguma coisa sobre aqueles bichos. – É uma cobra verde.

Rodrigo assustou-se com o sangue que brotava da picada e ainda olhou para o chinesinho como a querer certificar-se de que a cobra não era mesmo venenosa. Daniel tratou de abrir a caixa de primeiros socorros que levava na bolsa, enquanto Cíntia dizia para Adriana que ela não devia chorar, que tudo não passara de um grande susto.

Rodrigo sentou-se numa pedra grande e limpa, longe dos tufos de capim, estendeu a mão para o primo e deixou que ele passasse álcool na ferida. Cíntia perguntou se não estava doendo muito e ele respondeu, sem paciência:

– Não, não está doendo, sua boba. Eu ainda vou deixar que uma delas te dê uma picada só para ver uma coisa.

Depois passou a mão sobre os olhos, virou o rosto para o céu claro e disse:

– Eu li uma vez que, quando uma pessoa é mordida por cobra venenosa, o primeiro sintoma é começar a não enxergar direito as coisas.

– A pessoa fica cega? – perguntou Adriana.
– Mais ou menos – disse ele.
– Mas tu estás enxergando bem, não é Rodrigo? – disse Eduardo, aproximando-se dele.
– Estou sim. Acho que muita coisa que a gente começa a sentir é só pelo susto e pelo medo.

Daniel passava e repassava o algodão com álcool e depois perguntou a Rodrigo se não queria que tapasse o ferimento com algodão e esparadrapo. Ele disse que não, só para provar que era valente, mas ainda esperou um pouco para levantar-se da pedra, pois estava assustado, com as pernas a tremer, e sentia-se fraco. Levantou-se devagar, olhou de perto a picada e disse que a bichinha era danada de braba.

– Outro dia eu pego esta cobra e enfio ela num vidro cheio de álcool. Vai ser o meu troféu.

– Olha aqui – disse o chinesinho Davi, com ar triunfante. – Bati uma foto histórica da picada da cobra. E a cores.

– É verdade mesmo? – perguntou Rodrigo, incrédulo.

– Claro, não perdi tempo. Depois as pessoas não acreditam nas coisas que a gente conta. Agora a prova está aqui. Tomara que eu tenha pegado bem na hora do bote!

– Cruzes! – disse Daniel. – Eu nem teria pensado na máquina naquela hora. Imaginem quando lá em casa eles virem esta foto!

– Vamos adiante – disse Rodrigo, dando o exemplo.

A velha mansão estava ali na frente deles, com todos os seus segredos e mistérios. Cíntia e Adriana acharam que a casa tinha ficado mais bonita depois que eles a haviam descoberto. Eduardo apontou para a escada de madeira da frente e disse que ela estava caindo e que por ali não dava para entrarem. Mas Rodrigo, que era mais observador, disse que a escada dos fundos era de pedra e não havia nenhum perigo de desabar se fossem por ela. Contornaram as velhas paredes e Adriana comentou que era uma pena não ser dia de lua cheia nem de lua nenhuma. O céu estava muito claro e o sol iluminava bem toda a casa em ruínas, e ela de fato parecia mais bela e imponente do que na primeira vez em que a viram.

Rodrigo começou a explorar os primeiros degraus, cheios de <u>macegas</u> e de <u>limo</u>. Ele batia com a vara por todos os lados, subindo devagar, com mil cuidados.

– Venham me seguindo – disse.

Eduardo contou os degraus e disse que eram doze ao todo, acrescentando "dos grandes". Lá no alto, o vão da porta estava quase livre, pois a antiga porta caíra para dentro, na certa durante um daqueles temporais de inverno. Eles se reagruparam junto à soleira e espiaram curiosos para o que havia lá dentro.

– Aqui devia ser a cozinha – disse Daniel.

Mas não viam nem fogão nem pia, as paredes estavam sem reboco e o teto mostrava grandes buracos escuros. Rodrigo começou a entrar devagar e atento. Botava um pé, batia com a vara no chão, e só depois é que se aventurava a dar mais um passo. Pediu que não deixassem de bater com as varas, por causa dos bichos.

– Aqui dentro deve haver aranhas e ratos – lembrou Eduardo, que mantinha os olhos bem arregalados.

– Se tiver lagartixa, eu não tenho medo – disse Adriana, segurando firme a cadelinha no colo.

Rodrigo espiou por uma porta interna e disse que aquela outra sala grande devia ser a peça maior, onde as pessoas passavam os dias e onde faziam as refeições. Viu um enorme rombo no teto e mostrou o sótão, pois de onde estava conseguia ver o telhado com frestas que deixavam passar a luz do dia.

– Ah, se a gente pudesse subir lá para cima! – disse ele.

– Mas o que é que tem de mais lá em cima? – perguntou Eduardo.

– Ora essa, muita coisa. Malões, armários, caixas velhas, sei lá.

De repente, Adriana notou que Dolores gania raivosa e viu, apavorada, que um ratinho corria na peça grande para sumir logo a seguir pelo vão da porta interna. Todos começaram a bater com as varas e viram, assustados, que outros camundongos corriam velozes para todos os lados. Adriana e Cíntia permaneciam juntas, abraçadas, dizendo que não queriam mais explorar a casa, que elas tinham pavor de ratos.

– Todas as meninas têm medo de ratos – disse ele. – Mas esses ratinhos nunca morderam uma pessoa e nem são venenosos. E depois, para quem foi mordido por cobra, rato até que passa a ser um bichinho de estimação.

– Olha ali um filhote de jacaré! – disse Cíntia.

Todos olharam para o lugar apontado por ela e começaram a rir. O chinesinho Davi achou muita graça no jacaré de Cíntia.

– Que jacaré coisa nenhuma! Aquilo ali é um filhote de lagarto. E os lagartos têm um medo da gente que se pelam todos!

– Lagartixa das grandes é que não é – disse Adriana, ainda tremendo e muito pálida.

– Um lagarto e pronto – disse Rodrigo, para encerrar a conversa.

Deu exemplo, como chefe do grupo: atravessou a porta como se não tivesse medo nenhum, viu que duas janelas estavam sem postigo e que havia ainda mais três portas dando para outras salas. Voltou-se para os outros e disse:

– Bem, agora é que a gente vai começar mesmo a exploração. Todo o mundo em coluna por um. Ordinário, marche!

10

Não chegaram a marchar, que o terreno não era dos mais convidativos. Havia muita tábua podre no velho assoalho e eles imaginavam que, se alguém caísse ali, na certa acabaria num úmido e escuro porão cheio de animais medonhos. Caminhavam como se pisassem em ovos. Daniel e Eduardo escarafunchavam com suas varas por todas as frestas e, quando passaram para a outra peça, o chinesinho Davi exclamou:

– Mas aqui dentro está mesmo escuro!

Havia janelas, mas os postigos estavam inteiros e vedavam a passagem da luz do dia. A porta que dava para o quintal estava bem fechada e outras duas ligavam aquela sala à outra peça, essa sim mais clara, pois as janelas eram só grandes buracos e havia no teto um rombo que daria para passar um elefante, dos pequenos. Eles prosseguiam em coluna por um. Adriana e Cíntia não largavam os cachorrinhos, que tentavam fugir delas e embarafustar pela casa adentro. Rodrigo ia na frente e Davi logo em seguida. Fechando a coluna, Eduardo e, depois, Daniel.

Rodrigo estacou num repente, levantando os braços:

– Alto! Vejam ali! Aquela escada pode nos levar ao sótão.

– Mas ela está caindo aos pedaços – disse Davi.

– Ora, essa é muito boa! – disse Rodrigo, tentando forçar um dos postigos da janela e assim fazer mais luz sobre a escada. – Se a gente subir com cuidado não acontece nada. Deixem a coisa para mim.

Davi esperou que Rodrigo chegasse mais perto da escada coberta de pó, num lugar onde havia uma nesga de fraca claridade, e bateu uma foto para registrar a primeira descoberta sensacional. Adriana e Cíntia reclamaram, pois todo o filme estava sendo gasto com Rodrigo, e depois ninguém ia acreditar que o resto da turma tinha participado daquela perigosa aventura. Davi disse que elas podiam ficar calminhas, que o filme dava para todos, era de 36 poses. E coloridas.

Rodrigo experimentou o primeiro degrau e viu que ele não aguentaria mais nem com o peso de uma mosca. A madeira estava carcomida pelos cupins e só as traves laterais ainda apresentavam um aspecto mais animador. Forçou o segundo degrau, notou que ele estava mais forte e que, se todos pisassem bem junto das tábuas de sustentação, não haveria perigo de desabar.

Havia um formigueiro na parede, junto ao assoalho e, com o ruído que eles faziam, as formigas começaram a sair da toca como doidas. Em poucos segundos preteavam as paredes descascadas e se esparramavam por cima da poeira e do lixo. Adriana e Cíntia começaram a bater com os pés nas tábuas velhas, com medo de que elas subissem por suas pernas. E como as tábuas começassem a ranger, Daniel recomendou que elas não batessem com tanta força, caso contrário, dentro de mais um pouco, aquela coisa toda terminaria por cair de vez.

Enquanto batiam com as varas no chão, tentando afugentar as formigas pretas, Rodrigo experimentava novos degraus, e já estava no meio da escada, limpando cada tábua e forçando cada uma delas a fim de saber se seriam capazes de suportar o seu peso. Se aguentassem o peso dele, na certa aguentariam o peso dos demais. Quando alcançou o teto e conseguiu botar a mão no trinco enferrujado de uma porta sem cor, todos sentiram que conseguiriam vencer qualquer obstáculo. Rodrigo forçou o trinco e disse que a fechadura estava emperrada. Houve um murmúrio de decepção, até que Davi gritou lá debaixo:

– Empurra com força a porta que ela deve estar podre!

Foi o que o outro fez. Mas como não esperava que ela estivesse tão ruim, atravessou a madeira com o braço e lá se foi com porta e tudo, caindo em pleno sótão e desaparecendo no meio da polvadeira levantada. O barulho foi tanto que eles pensaram que a casa toda fosse desabar sobre as suas cabeças. Fez-se um momento de silêncio, até que Eduardo recobrou a voz e perguntou:

– Não se machucou, Rodrigo?

Ouviram ruídos lá em cima e, finalmente, viram uma coisa com muito pó e teias de aranha surgir no alto da escada. Era Rodrigo, que ainda tremia de susto.

– Puxa vida! Pensei que fosse cair na cabeça de vocês.

– Meu Deus do céu! – exclamou Adriana, apavorada.

Davi resolveu iniciar a subida bem devagar, degrau a degrau, sentindo dentro do peito o coração que disparava, como se ele estivesse correndo cem metros rasos. Rodrigo orientava a subida do amigo e recomendava que pisasse só nos degraus que não tivessem pó, pois os outros não mereciam confiança.

– E será que o chão aí em cima aguenta a turma toda? – perguntou Daniel.

– Claro que aguenta – disse Rodrigo, limpando-se todo. – Tem cada <u>viga</u> que dá para sustentar um navio.

– E se estiverem podres? – disse Eduardo.

– Viga desta grossura não apodrece nem em trezentos anos – disse ele. – É preciso muito cuidado ao subir a escada. Esta está velhinha mesmo.

Tocou a vez de Cíntia e de Adriana, cada uma com mais dificuldades do que a outra. Elas só dispunham de uma mão para se agarrarem nas traves laterais, pois carregavam os cachorrinhos, que ganiam sem cessar, tremendo de medo.

O último a chegar ao sótão foi Daniel. Permaneceram todos no mesmo lugar, cada um tratando de girar a vara que tinha nas mãos para desfazer teias de aranha e espantar outros bichos. As teias pareciam <u>sacos de aniagem</u>, de tão grossas.

– E agora? – disse Adriana.

– Agora vocês fiquem onde estão que eu vou tentar abrir um pouco mais aquela janelinha ali do lado – disse Rodrigo.

Ele se movimentava com cuidado, em câmera lenta, pois sabia que, se errasse um pé e o metesse numa tábua carcomida, lá se iria forro abaixo. E bem sabia que cair daquela altura representaria, no mínimo, uma perna ou um braço quebrado, se não acontecesse coisa pior. Mas ele alcançou a janelinha e, bastou empurrar o postigo torto, para este rolar telhado abaixo, e então penetrou luz suficiente no sótão para eles se orientarem e poderem ver onde estavam os perigos reais.

Foi quando viram muitos caixotes, malas e baús pelos cantos, todos eles semiencobertos por grossas camadas de pó. Daniel <u>acercou-se</u> de uma das caixas, sempre pisando sobre as vigas maiores, passou a mão sobre a capa de poeira e disse que seria capaz de jurar que aquele pó ali tinha pelo menos mais de cem anos, contando por baixo.

— Vejam aqui – disse ele – tem dois dedos de poeira.

Rodrigo pediu que todos se mantivessem calmos e que tudo fosse feito por partes. Ninguém deveria juntar-se com outro para não pesar demais num só ponto do forro. Eles deveriam sempre lembrar que aquela casa estava muito velha e tudo muito podre. Um passo em falso, um descuido qualquer e, adeus casa e passeio, aquela coisa iria abaixo e eles ficariam enterrados naquela sucata cheia de bichos.

— Se isso acontecer – disse Eduardo –, ninguém mais irá encontrar a gente.

— Credo! – disse Cíntia. – Que bobagem ficar aí a dizer asneiras. Vamos abrir aquela mala grande ali do canto.

Rodrigo pediu que ela ficasse onde estava. Primeiro ele queria testar o madeirame pelos arredores do malão. Foi chegando devagar, limpando teias de aranha e procurando demonstrar que não estava com medo de bicho nenhum, nem mesmo daquelas aranhas negras, de pernas longas e cabeludas, que se refugiavam nas telhas. Apanhou um pedaço de sarrafo que caíra um dia dos suportes do telhado e, com ele, começou a limpar a tampa da poeira mais pesada. Disse para os outros que fossem chegando devagar, mas que não precisavam exagerar nem fazer um bolo de gente junto ao malão, para não concentrarem o peso num lugar só. Depois de remover o grosso da sujeira, começou a passar a mão aberta sobre a tampa até descobrir uma grande fechadura de ferro. Exclamou, desalentado:

– Pronto! Agora eu quero ver onde a gente vai encontrar a chave! Bateu com o sarrafo, assoprou um resto de pó, pois queria enxergar melhor onde havia pontos fracos na fechadura, até que descobriu que havia uma pequena fresta ao lado dos ferros e que o melhor seria forçar por ali. Todos viram, então, quando a ferragem foi removida como se fosse de plástico, até que Rodrigo conseguiu levantar a tampa pesada. Com a ponta dos dedos, começou a tirar o que se encontrava lá dentro. Baratas corriam por todos os lados, lagartixas e camundongos minúsculos procuravam sair daquilo tudo que começava a ser remexido. Demonstrando grande valentia, Rodrigo puxou um pano escuro que parecia não acabar mais e, quando terminou de tirá-lo do malão, viu que se tratava de uma capa antiga, do tipo espanhol, forrada de cetim vermelho.

– Deve ser a capa do avô da minha mãe – disse Adriana.

Rodrigo não ouvia nada. Estava curioso para saber o que mais havia lá dentro. Livros encadernados, castiçais, velas, objetos prateados, jarras de louça, uma cabeça de boneca, duas máscaras negras, sapatos antigos, caixas de laca, pequenas cestas, dois lampiões de mangas quebradas. Tudo ia saindo lá de dentro e passando de mão em mão, todos encantados com os achados, mudos de espanto, sem saberem o que dizer. Rodrigo ordenou que fossem colocando tudo junto ao topo da escada, pois assim o trabalho para transportarem os achados para baixo ficaria bem mais fácil. Adriana quis saber se não havia coisas de ouro e prata entre aquilo tudo e Rodrigo pediu que ela calasse a boca e não dissesse mais bobagens. Se houvesse ouro e prata ali, na certa que os ladrões já teriam carregado com tudo.

Quando o malão esvaziou, Cíntia já estava ao lado de uma outra caixa de madeira e fazia sinais desesperados para Rodrigo, apontando-a, como a dizer que ali devia haver outras relíquias. Ele se encaminhou para lá, bateu com o sarrafo por cima e pelos lados, tirou o pó, afugentou as aranhas e as baratas, enquanto outros bichos não identificados fugiam pelas frestas, desaparecendo.

O grande achado foi uma espada de cabo lavrado, mas só com um pedaço de lâmina.

– Esta sim que é a espada do vovô! – exclamou Rodrigo, orgulhoso. – E aposto que ela foi quebrada durante um duelo. Vejam aqui estas botas e estas esporas chilenas. É tudo troféu de guerra.

Abriram ainda um baú que se mostrava muito conservado e que, por sorte, não tinha fechadura nenhuma. Foi fácil abri-lo e tirar lá de dentro muita roupa de mulher, sedas e linhos, toalhas bordadas, almofadas e algo que se assemelhava a uma antiga máquina de costura. Mas as coisas estavam tão mofadas, apodrecidas, velhas e enferrujadas que ninguém ficou com muita esperança de recuperar algo que prestasse. Enfim, foi tudo empilhado no topo da escada e, quando todos haviam descido sem nenhum acidente, Rodrigo começou a jogar para baixo peça por peça, pois eles faziam questão de levar os achados para casa.

– Eu só quero ver – disse Rodrigo – a cara do papai quando vir todas essas coisas.

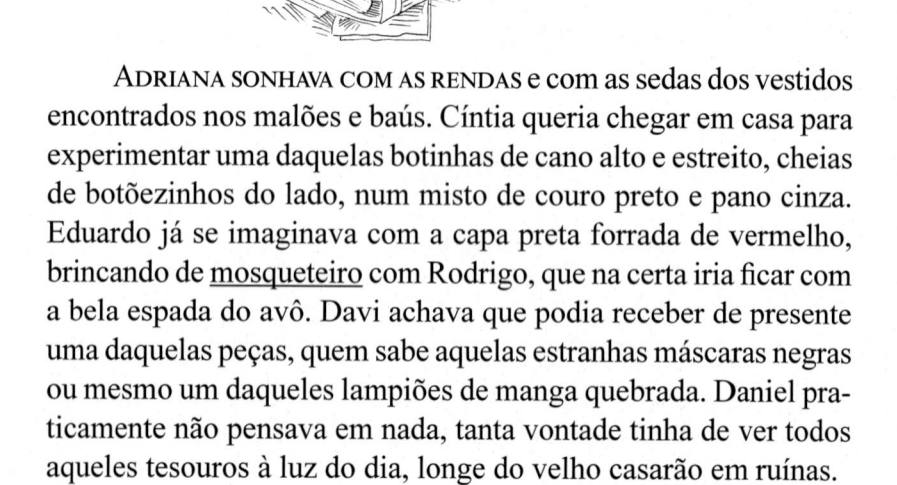

11

ADRIANA SONHAVA COM AS RENDAS e com as sedas dos vestidos encontrados nos malões e baús. Cíntia queria chegar em casa para experimentar uma daquelas botinhas de cano alto e estreito, cheias de botõezinhos do lado, num misto de couro preto e pano cinza. Eduardo já se imaginava com a capa preta forrada de vermelho, brincando de mosqueteiro com Rodrigo, que na certa iria ficar com a bela espada do avô. Davi achava que podia receber de presente uma daquelas peças, quem sabe aquelas estranhas máscaras negras ou mesmo um daqueles lampiões de manga quebrada. Daniel praticamente não pensava em nada, tanta vontade tinha de ver todos aqueles tesouros à luz do dia, longe do velho casarão em ruínas.

Rodrigo continuou comandando a retirada, com receio de

que um passo em falso ou um degrau quebrado pudesse acabar com a alegria das descobertas sensacionais. Já se imaginava com a espada do avô – talvez um herói da Guerra do Paraguai – depois de mandar trocar a lâmina em qualquer serralheiro.

    Atravessaram a sala onde ficava a escada, passaram pelas outras até alcançarem a porta dos fundos. Rodrigo e Daniel, os mais fortes, carregavam os achados no bojo da capa negra que, por estar muito velha, começou a abrir aqui e ali. Pediram então a Eduardo e Davi que ajudassem a levar a trouxa, segurando por baixo, a fim de não forçar muito o tecido. Desceram a escada dos fundos resfolegando, que o peso era demasiado. Adriana vinha mais atrás, junto com Cíntia, sentindo o coração a querer sair pela boca.

    Quando Adriana viu Rodrigo e os outros descansarem a trouxa no chão de terra do pátio, correu ansiosa para pedir que eles abrissem a capa, doida que estava para ver de perto, na claridade, todas aquelas relíquias.

    – Calma, meninas – disse Rodrigo, abrindo os braços. – Cada coisa na sua hora. Primeiro deixem eu tirar as formigas que subiram pelas minhas mangas. Essas miseráveis picam como gente grande.

    – Eu também estou sentindo formigas dentro da minha camisa – disse Daniel, sacudindo os braços e batendo com as mãos abertas por todo o corpo.

    Cíntia e Adriana largaram os cachorrinhos no chão, já sem as trelas incômodas.

    – Deixem eles correrem um pouco por aí, devem estar loucos para descobrirem coisas de cachorro.

    – É – disse Rodrigo –, é bem capaz de eles descobrirem um baú de ossos de mamute.

    Os cachorrinhos saíram em disparada e a turma se aglomerou em torno de Rodrigo e do embrulho que ficara no chão. Daniel passou a mão pelo pano da capa e disse que a fazenda estava podre e que mal aguentara chegar até ali com tudo aquilo dentro.

    – Não é para menos – disse Rodrigo. – Esta capa deve ter mais de cem anos.

    Então começou a levantar as suas pontas e, aos poucos, foi descobrindo tudo aquilo que fora achado. Os seis iam mudando de cara a cada objeto que era retirado do meio dos outros. Os livros soltavam as folhas, comidas pelas traças, e só continuavam parecendo com livros pelas capas duras, manchadas e úmidas. Os castiçais estavam tão quebrados e enferrujados que bastou tocarem num deles para ele se desfazer entre os seus dedos. Quando Cíntia foi pegar, com mil cuidados, uma bela jarra de louça branca com pinturas a fogo, ficou com a asa na mão e o resto se esfarinhou como terra. Os sapatos antigos estavam desparceirados e o couro deles estava tão fraco que, quando Davi quis experimentar um deles, terminou ficando com as laterais nas mãos e a sola se despregou como se tivesse sido feita com papelão velho.

Eles estavam sem coragem de olhar uns para os outros. Afinal, tanto trabalho, tanto perigo, tanto susto, só para descobrir coisas imprestáveis e que eles não tinham coragem sequer de levar para casa! As pessoas mais velhas iam rir de todos eles, numa aventura que não dera em nada. Rodrigo esparramou o resto das coisas com a ponta do pé e pegou a espada, que era o único objeto a ter uma das partes em boas condições, justamente o copo, todo lavrado.

– Pelo menos isto aqui parece coisa aproveitável – disse ele, meio sem convicção, diante do olhar triste dos companheiros.

Adriana e Cíntia permaneciam de mãos dadas, sem jeito de fazerem um comentário qualquer. Até a cabeça de boneca que haviam trazido não valia um caracol: estava sem olhos, sem cabelos, e mal se distinguia a forma do rosto que um dia tivera.

– Tanta coisa para nada – disse Eduardo, abatido.

– Mas pelo menos a gente ficou sabendo o que aqueles malões tinham dentro – disse Daniel.

Foi quando Davi tirou dentre aquele verdadeiro lixo a <u>caixa de laca</u>, fechada apenas por um pequeno engate de metal. Ela pesava bastante para o seu tamanho.

– Que será que tem aqui dentro? – disse ele, passando a caixa para Rodrigo.

– É bom a gente abrir devagar antes que salte aí de dentro uma daquelas aranhas pretas, caranguejeiras – disse Rodrigo.

Eduardo e Daniel se afastaram, precavidos. Cíntia e Adriana fizeram o mesmo, pedindo a Rodrigo que tivesse todo o cuidado.

Aos poucos, ele foi destapando a caixa, do tamanho dessas feitas para guardar sapatos nas lojas, e viu que não havia motivo para sustos: estava cheia de papéis velhos e amarelados, cartas, recortes e, ainda, cartões-postais muito antigos.

Aos poucos a turma foi se aproximando, todos querendo saber o que havia ali dentro. Rodrigo tornou a fechar a caixa e fez um gesto com a mão aberta:

– Um momento! Ninguém vai bisbilhotar esta caixa aqui. Primeiro vamos reunir as nossas coisas e tratar de começar a caminhada de volta para casa. Está ficando tarde, e eu é que não vou pegar a noite dentro do mato.

– Isso mesmo – disse Daniel –, o Rodrigo tem toda a razão. Quando a gente chegar em casa, depois do banho e do jantar, faz um balanço de tudo e, aquilo que valer a pena, a gente examina com calma.

Adriana chamou pelos cachorrinhos e disse para Daniel:

– Não sei não. Se esta caixa tiver cartas mesmo, eu acho que a gente deve dar para a mamãe abrir e ler, porque ninguém deve andar lendo as coisas dos outros, é uma falta de educação.

– Que grossa bobagem – disse Rodrigo. – Cartas que devem ter sido escritas há mais de cinquenta anos, ou de cem, quem é que sabe? E, depois, essas coisas a gente resolve lá em casa. Não custa nada fazer uma reunião e discutir o caso. Podemos até fazer uma votação.

Rafaelo e Dolores voltaram assanhados e logo se deixaram prender nas trelas. Estavam impacientes para retornarem. Eduardo sugeriu que cada um tratasse de levar alguma coisa, só para provarem que haviam descoberto os malões. Rodrigo aprovou a ideia e disse que, antes de mais nada, deviam buscar as sacolas com as merendas, pois estava morrendo de fome e de sede. Davi achou a ideia ótima, que a barriga já lhe doía. A proposta foi aprovada por unanimidade e, momentos depois, estavam sentados ao redor das sacolas, mastigando sanduíches e bebendo refrigerantes mornos, que o gelo havia acabado.

– E a mordida da cobra? – perguntou Cíntia.

Rodrigo passou a mão sobre a marca da picada e disse que não sentia mais nada.

– Se fosse comigo – disse Eduardo –, eu já estava em casa.

– Pois olhem – disse Adriana –, eu já teria morrido só do susto.

Rodrigo ordenou que comessem depressa. Observou o céu e disse que, dentro de meia hora, o sol já teria desaparecido e lá dentro da mata ia ser noite fechada. Todos se levantaram, limparam os dedos nas roupas empoeiradas e embrulharam as sobras. Adriana ainda esperou que Rafaelo e Dolores terminassem de comer os pedacinhos de carne que havia trazido só para os dois.

Quando Rodrigo viu que todos estavam prontos para a volta, levantou o braço e ordenou que se pusessem em marcha. Adriana ainda deu um último olhar para a Casa das Quatro Luas, sentindo bem no fundo do peito uma certa desilusão por terem encontrado só quinquilharias sem valor. Puxou Cíntia para perto dela e disse bem baixinho para que ninguém mais pudesse ouvir:

– Que droga, não tinha nada que prestasse!

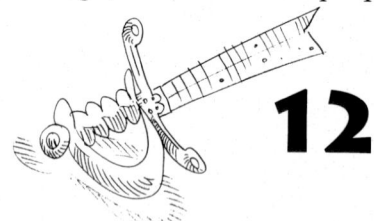

12

Quando se aproximaram de casa, viram a mãe de Rodrigo e de Adriana na porta dos fundos, mãos na cintura, ar de poucos amigos:

– Olhem só o jeito da mãe – disse Rodrigo. – Ela deve estar zangada com a nossa demora.

– E por quê? – disse Adriana, soltando Dolores e pedindo a Cíntia que fizesse o mesmo com Rafaelo.

– Sei lá, a mãe fica nervosa quando a gente demora só um pouquinho mais. Foi sempre assim.

Caminhavam devagar, e Davi preferiu ficar bem para trás. Ele não queria ouvir a ralhação, embora também achasse que fosse pela demora, pois a noite já começara a chegar.

— Pensei que não viessem mais para casa — disse ela, de cara amarrada.

— Ora, mãe, tinha tanta coisa lá dentro para a gente descobrir que quase não nos lembramos da hora. Mas foi tudo bem.

— Ninguém se machucou?

— Ninguém — disse Rodrigo, olhando bem para toda a turma, com medo que alguém fosse falar na picada da cobra.

— O pai de vocês está preocupado, e acho bom que cada um vá pensando numa boa desculpa para explicar essa demora. Agora quero ver todo o mundo no banho. Até parece que andaram se rolando no chão.

Foi quando notou que cada um trazia alguma coisa nas mãos e quis saber o que era aquilo.

Adriana resolveu primeiro dar um beijo na mãe e depois, mostrando um castiçal enegrecido pelo tempo, explicou que todos haviam trazido da casa velha coisas encontradas nos malões e baús do sótão.

— Meu Deus! — exclamou a mãe, arregalando os olhos. — Então vocês andaram mesmo subindo por aquelas escadas podres?

— Mas o pai sabia — adiantou-se Rodrigo, exibindo a <u>empunhadura</u> de espada, que era o seu troféu maior.

— Nossa Senhora dos Aflitos — disse a mãe. — Vão todos para o banho, escondam essas coisas no quarto do Rodrigo e depois do jantar vocês contam para o pai tudo o que aconteceu. Vamos!

Aliviados, eles trataram de obedecer. Correram para o quarto e depositaram os achados sobre o tapete, num canto, e foram logo tratar dos preparativos para o banho. Ninguém queria chegar atrasado para o jantar. Mas Rodrigo parecia temeroso de alguma coisa mais séria:

— Escutem aqui, nada de falar sobre aquela picada da cobra e sobre os degraus podres da escada, senão os velhos não deixam mais a gente ir lá na casa da vovó. O resto a gente pode contar tudo. Entendido?

Todos concordaram e, por brincadeira, pegaram toalhas e escovas de dente e foram fazer fila diante da porta dos dois banheiros. Cíntia e Adriana foram as primeiras. Eduardo <u>empostou</u> a voz e disse:

– Primeiro as damas, por mais feias e bobocas que sejam.

Na hora do jantar, comeram na mesa da cozinha, longe dos adultos, dizendo que assim era melhor, ninguém incomodava ninguém. Mas, no fundo, eles temiam o velho e suas mil perguntas. E ainda poderia surgir um descuidado que fosse falar na cobra e nos degraus podres da escada do sótão. Só quando foram chamados para a varanda, onde a família costumava reunir-se, é que o velho, sentado na sua rede, perguntou:

– Então, como foi o passeio lá na casa velha? Não adianta esconderem nada que eu termino descobrindo tudo. Vocês sabem que eu costumo ler livros policiais.

– Foi tudo legal, tio – disse Eduardo, procurando encorajar os demais, que se mostravam assustados. – Quase não tinha bicho e descobrimos malões, caixotes e baús cheios de coisas.

– Claro! Imagino que tenham descoberto aqueles malões repletos de coisas inúteis, podres e enferrujadas.

– Mas eles trouxeram uma porção de coisas – disse a mãe. – Mandei que deixassem lá no quarto do Rodrigo.

– Vamos lá, então: o que, por exemplo?

Adriana começou a enumerar as coisas:

– Olha, deixa eu ver... o cabo de uma espada, todo feito de ouro e prata; um castiçal que eu acho que é de prata; um lampião muito bonito, só que está sem vidro; o pé de uma botinha linda de morrer; uma caixa lavrada com papéis e cartões-postais...

– Enfim – disse o pai –, trouxeram para casa todo o lixo que estava lá na casa abandonada. Essa é muito boa!

Daniel e Eduardo pediram que ele não ficasse preocupado, os dois levariam para casa aquelas coisas todas, pois só assim poderiam provar que haviam estado na casa abandonada.

– Por mim podem levar o que vocês quiserem – disse Rodrigo. – Desde que não seja a minha espada.

– Nem a minha caixa – disse Adriana. – Primeiro eu vou tirar tudo lá de dentro, fazer uma boa limpeza e depois guardar as minhas coisas de colégio dentro dela.

O pai perguntou se por acaso eles não estavam com sono. Quase todos falaram ao mesmo tempo: estavam caindo de sono, com certeza.

– Pois então tratem de ir para a cama – disse a mãe.

Adriana e Rodrigo beijaram os pais, todos deram boa-noite e foram direto para o quarto onde haviam deixado os seus troféus, fechando a porta com cuidado. Queriam examinar coisa por coisa, debaixo de boa luz. Rodrigo, como sempre, botou ordem:

– Nada de afobação, quero que cada coisa seja examinada sem correria.

Adriana e Cíntia haviam trazido da cozinha dois pedaços de pano, um úmido e outro seco, a fim de limpar peça por peça. Quando acabaram de tirar a sujeira do copo da espada, Rodrigo arregalou os olhos e disse que nunca tinha visto em toda a sua vida coisa mais bonita. Todos concordaram.

– Mas é uma espada sem lâmina – disse Eduardo. – Não vale coisa nenhuma.

– Eu não quero espada para duelo, seu boboca – disse Rodrigo, meio irritado. – Quero só para dependurar ali na parede.

Cada objeto era examinado nas suas minúcias e eles puderam ver que aquelas coisas, na verdade, não valiam quase nada. Quando chegou a vez de limparem a caixa que estava nas mãos de Adriana, ela pegou os panos e pediu que ninguém se preocupasse, pois faria o trabalho com bastante cuidado para não arranhar a caixa. Era realmente uma caixa bonita, de cor escura com desenhos coloridos, embora meio desbotados pelo tempo. Depois ela levantou o fecho metálico e abriu a tampa. Pediu que os outros se afastassem, deixando uma parte do tapete livre de todos os achados, pois queria derramar no chão o que havia dentro da caixa. Parecia lidar com ovos, tantos cuidados tomava. Recomendou que ninguém tocasse naqueles papéis. Ela mesma ia separando cada um deles. As cartas antigas, dobradas em quatro, partiam-se só em serem tocadas. Então as partes eram colocadas em ordem e todos tentavam ler alguma coisa na escrita desmaiada. Mas ninguém conseguia decifrar nada. E, além do mais, as letras eram cheias de <u>arabescos</u>.

– Eu acho que isso não está escrito em português, pessoal. Não dá para entender coisa nenhuma – disse Davi.

– Imaginem só – comentou Rodrigo. – Se Davi, que é chinês, não consegue entender nada, quanto mais nós.

Todos riram. Daniel perguntou se não era melhor largarem aquelas coisas ali e irem assistir um pouco de televisão. Adriana, se quisesse, podia ficar com a sua preciosa caixinha. Todos concordaram, menos Cíntia, que disse preferir ficar com a amiga. Ela estava tão curiosa com as coisas da caixa que não pensava em arredar pé do quarto. Quando ficaram a sós, Adriana comentou:

– Assim a gente pode ver tudo com vagar e mais cuidado. Eles iam terminar pisando nos papéis e estragando as coisas.

Havia uns cartões-postais maravilhosos, com casais de namorados bem comportados e, ao redor deles, ramos de rosas e margaridas. Um deles mostrava uma paisagem de neve com esquiadores de mãos dadas. Um outro, uma ninhada de cachorrinhos peludos dentro de uma cesta amarrada com um tope de fita. Elas iam separando as cartas dos cartões, botando de lado pedaços de papéis furados pelas traças, botões pequenos, de madrepérola, umas penas de aço muito bonitas, mas que elas nunca tinham visto na vida nem sabiam como usar.

Bem no fundo da caixa, encontraram um papel grosso, como se fosse o forro. Adriana custou a tirá-lo lá de dentro, tão ajustado estava ao tamanho da caixa. Parecia feito de couro fino ou mesmo de linho. Adriana viu que aquele papel também estava dobrado em quatro. Começou a desdobrá-lo com extremo cuidado. Cíntia notou que os seus dedos tremiam como varas verdes. Afinal, o que poderia ser aquilo?

– Um mapa desenhado à mão! – exclamou Adriana, vibrando com a descoberta.

– Olha aqui – disse Cíntia –, este desenho deve ser a casa velha. Este risquinho aqui deve ser o nosso riachinho debaixo do mato.

– É mesmo. Este desenho deve ser a figueira grande, que fica no lado dos fundos. Só que eu não consigo ler nada do que está escrito. Como era ruim a letra deles, naquele tempo!

– Eu também não consigo ler nada. Quem sabe está escrito em alemão?

– Mas eles não eram alemães – disse Adriana, intrigada com aqueles arabescos. – Olha aqui aquela cruz que mostra o Sul e o Norte, o Leste e o Oeste. Isso eu sei porque fez parte do nosso último exame na escola.

– Será que é um mapa de tesouro? – disse Cíntia.

– Nem fala nisso, pelo amor de Deus! – exclamou Adriana, sem fôlego. – Bota a mão aqui no meu peito e vê como está o meu coração.

– Vamos chamar o resto da turma?

— Não. Vamos é esconder este mapa debaixo do meu colchão, e só depois é que a gente vai mostrar para eles. O Rodrigo termina nos tirando o mapa. Sabes como ele é enxerido e metido a mandão.

Tornaram a repor o mapa, dobradinho, no fundo da caixa e, a seguir, toda a papelada que se achava espalhada pelo tapete. Correram para o quarto de Adriana e esconderam a caixa no armário, debaixo de muita roupa. Mal tinham acabado de fazer isso, ouviram a voz de Rodrigo, na porta:

— Afinal, que bicho mordeu vocês duas?

Adriana chegou a sentir uma vertigem. Cíntia ficou muda.

— Espionando a gente! — conseguiu dizer Adriana. — E trata de ir embora que aqui é o nosso quarto.

Ele voltou, rindo muito, e elas se entreolharam, nervosas. Adriana disse em voz baixa:

— Quase que ele nos pega escondendo o mapa!

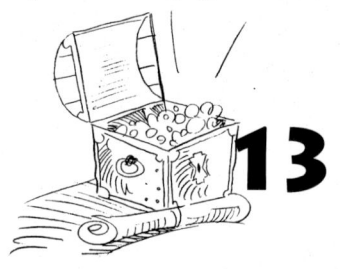

13

Mal o dia tinha clareado e já Adriana e Cíntia estavam acomodadas na mesma cama, luz de cabeceira acesa, porta fechada à chave, mapa aberto diante dos olhos. Falavam tão baixinho que quase não se entendiam. Temiam ser ouvidas pelos que dormiam nos quartos próximos.

— E agora, o que vamos fazer? — disse Cíntia. — A gente sozinha não vai decifrar nada disso. E quem sabe esse não é o mapa de um tesouro enterrado?

— Mas o mapa é nosso e eu não quero dar para ninguém!

— Quem sabe a gente pede auxílio para a tua mãe ou para o teu pai, eles devem saber ler essas coisas escritas aí.

— Não! Tenho medo que eles deixem a gente de lado, e lá se vai toda a nossa descoberta. Eu sei que nós vamos encontrar uma saída. Que este desenho aqui é a casa da vovó ninguém pode duvidar. Bem direitinho. A escada da frente e a escada dos fundos. Essa porção de rodinhas aqui deve ser o mato lá detrás, e cada desenho é uma árvore. Este outro sinal aqui é que não sei o que é. É uma roda com uma cruz dentro.

– Já sei – disse Cíntia, abafando a voz com a mão espalmada sobre a boca. – Isto aí deve ser o poço, que está atulhado.

– Isso mesmo, o poço! Nem havia me lembrado dele.

– Eu acho que o tesouro está enterrado no poço.

– Devagar, devagar. A gente nem sabe o que diz este mapa e tu já falas em tesouro, credo!

– Ora, eu sempre ouvi dizer que cada tesouro enterrado tem um mapa indicando o lugar certo. O papai, uma vez, me contou que lá na terra dele um homem achou um mapa, seguiu direitinho tudo o que ele dizia e terminou encontrando uma panela cheia de moedas de ouro.

– É – disse Adriana, meio desconsolada –, mas hoje em dia não há mais desses tais tesouros, panelas de barro com moedas de ouro, caixas de ferro com joias. Isto era coisa das histórias de piratas, mas os piratas morreram e nunca mais se ouviu falar neles.

– Não sei não, mas eu acho que este mapa é de tesouro escondido. Afinal, quando a avó da tua mãe vivia, essa coisa de tesouros e de piratas vivia também. Olha só para a cor deste papel! Este mapa tem duzentos anos.

– Bobagem. Nós nunca vamos saber quantos anos tem este mapa – disse Adriana, passando a mão sobre ele.

– Pois então vamos mostrar para o teu pai. Ele deve saber.

– Não. Primeiro vamos mostrar para a turma. O Rodrigo é bem capaz de ler estas palavras difíceis que estão aqui.

– Duvido – disse Cíntia.

Ouviram passos no corredor e, logo a seguir, bateram na porta. Era a mãe da Adriana. Elas trataram logo de esconder o mapa debaixo do travesseiro e correram para a porta, abrindo-a.

– Mas que bicho mordeu vocês que já estão acordadas tão cedo?

– Ora, mãe – disse Adriana –, a gente perdeu o sono. Só isto.
– É o que dá andarem se metendo naquele casarão velho, cheio de bichos e de paus podres. Depois perdem o sono e têm pesadelos.

A mãe saiu dizendo que ia preparar o café das duas. Cíntia aconselhou Adriana a esconder o mapa no seu guarda-roupa, bem debaixo de tudo, para que ninguém descobrisse. Quando já estavam tomando café, na mesa da cozinha, Adriana suspirou fundo e disse para a amiguinha:

– Puxa vida, tanto sacrifício para nada. Vou rasgar aquele mapa bobo e nunca mais vou na casa da vovó.

Cíntia levou um susto e quase se engasgou. Não pôde dizer nada porque a mãe de Adriana entrara na cozinha e era preciso manter o segredo fechado a sete chaves. Adriana percebeu tudo. E não disse nada.

Só depois, quando haviam retornado para o quarto, foi que Adriana tomou a decisão de mandar chamar os rapazes e revelar o segredo do mapa. Cíntia se encarregou de cumprir a missão, e aos poucos eles foram chegando, ainda meio estremunhados, zangados com Adriana pelo mistério todo. Quando Rodrigo chegou, dizendo que nem havia tomado café, Cíntia pediu licença, de maneira formal, e passou a chave na porta, solicitando silêncio com o dedo indicador atravessado sobre os lábios. Mas foi Adriana quem falou:

– Olhem aqui, eu vou revelar para vocês um grande segredo, mas quero que antes jurem que não vão contar nada para ninguém. Só depois do juramento é que posso dizer tudo.

– Vamos lá – disse Rodrigo, impaciente. – Eu ainda estou louco de sono e vens tu com mistérios bobos, segredos e outras coisas. Afinal, desembucha logo. Do que se trata?

– Eu sabia que o Rodrigo ia ficar assim – disse Adriana – porque ele só dá valor às coisas descobertas por ele. Anda aí agarrado nesta droga de cabo de espada como se isso valesse alguma coisa. Ele vai jurar também que não conta para ninguém, e mais ainda: vai jurar que não toma o segredo da gente.

Abriu a gaveta da mesinha de cabeceira e tirou de lá um Novo Testamento, de capa preta com letras douradas, botou o livro sobre a cama e disse:

– Todos vão botar a mão sobre a Bíblia e repetir o meu juramento.

– Ainda mais essa – protestou Rodrigo, mostrando-se disposto a ir tomar o seu café e não ligar para o tal segredo.

– Pois vais te arrepender de verdade – disse Cíntia. – Eu, se fosse tu, ficava aqui e prestava o juramento.

– Vá lá, mas não demorem com a brincadeira.

Todos colocaram a mão direita sobre o livro e repetiram com Adriana o juramento:

– Juro que não contarei para ninguém sobre o segredo da casa da vovó, que nenhum de nós poderá ficar com ele e que, daqui para a frente, tudo será feito irmamente.

– E agora – disse Rodrigo – pode-se saber que segredo é esse?

Adriana abriu a porta do guarda-roupa, remexeu numa prateleira até o fundo e voltou de lá com o papel amarelado na mão.

– Sentem-se todos no tapete. Agora vou mostrar o que achei naquela caixa de laca que descobrimos no sótão da casa da vovó.

Mantinha as mãos nas costas e esperou que todos obedecessem.

– Muito bem, aqui está!

Mostrou o mapa dobrado, tratou de abri-lo devagar e, com mil cuidados, aproximou-se do grupo, que se mantinha calado. Eduardo tapou a boca com a mão e Daniel olhou para Rodrigo para saber de sua reação.

– Deixa eu ver – disse Rodrigo, agora bem mais interessado.

– É, parece mesmo um mapa verdadeiro.

Colocou-o sobre o tapete e todos se amontoaram para ver de perto o mapa misterioso. Adriana fez sinal para que falassem baixo e foi até a porta escutar, temerosa de que alguma pessoa estivesse ali por perto.

– É um mapa do tesouro – disse Davi.

– Deve ter um baú de ferro cheio de ouro e joias – disse Eduardo.

Cíntia apontou para o desenho central e disse que aquilo representava a casa velha. E mais adiante devia ser a figueira grande e o bosque pequeno dos fundos. Então apontou para o círculo com uma cruz dentro:

– Aqui é o poço entulhado que a gente viu atrás da casa.

– Ora, ele está pintado mais forte. Deve ser onde está enterrado o tesouro – disse Rodrigo.

– Eu também acho – disse Daniel.

Mais uma vez Adriana pediu silêncio. Disse que seria melhor esconder de novo o mapa, antes que a mãe chegasse para saber que diabo de reunião a portas fechadas era aquela. Rodrigo concordou e fez planos para o outro fim de semana:

– Olhem aqui – disse ele. – No próximo sábado, a gente prepara toda a excursão de manhã. As meninas fazem os lanches e nós vamos levar aos poucos as picaretas e pás que estão no galpão novo lá para junto da figueira, para ninguém notar o que vamos fazer. E para que papai e mamãe não mudem de ideia, proibindo novo passeio até a casa da vovó, a gente diz a verdade, que ninguém mais vai entrar lá, que não vale a pena, e que o passeio é só para comer framboesas e caçar borboletas. A gente fabrica umas redes com filó, para despistar, e trata de sair logo depois do almoço. Entendido?

– Entendido – disseram todos.

– E se o tesouro estiver enterrado bem no fundo? – perguntou Adriana.

– Isso a gente vê lá mesmo – respondeu Rodrigo, levantando-se e dizendo que era bom acabar com a reunião logo.

Adriana tratou de esconder o mapa no mesmo lugar e todos saíram tentando aparentar a maior naturalidade. Tanto assim que, quando a mãe quis saber o que estavam fazendo, Rodrigo respondeu logo:

– A gente estava lembrando o passeio de ontem. Sabe, mamãe, foi a coisa mais maravilhosa da nossa vida!

O TESOURO DA VOVÓ

14

Naquele sábado o tempo estava feio e o céu muito nublado. E se chovesse? Nem era bom falar nisso, eles morreriam de tristeza.

Davi olhava para todos os lados do céu e sua cara não demonstrava muita esperança:

— Acho que, se ventar daquele lado, não chove.

Rodrigo enfiou o dedo indicador na boca e levantou o braço, com a mão bem esticada:

— O vento está soprando daquele lado mesmo; portanto, não chove.

— Tomara — disse Cíntia.

— Pensamento positivo, pessoal! — disse Daniel.

— E agora vamos tratar de fabricar as redes de caçar borboleta para justificar o passeio de hoje.

— E se chover? — disse Adriana.

— Não vai chover coisa nenhuma — disse Rodrigo.

— Pelo sim e pelo não — disse ela —, vou arranjar um envelope de plástico para levar o mapa, porque, se aquele papel apanhar um pouquinho d'água que seja, adeus mapa.

— Claro, ele deve ir bem protegido — disse Eduardo, saindo com os meninos para buscar arame.

Cíntia e Adriana foram procurar pedaços de filó para fazer as redes e as horas pareciam não passar nunca.

Durante o almoço, o pai reclamou:

— Que diabo está acontecendo com essas crianças? Ninguém come nada, só beliscam aqui e ali.

– Eu estou comendo bastante – disse Rodrigo. – E posso provar. Mãe, me dá mais um pedaço de carne e duas batatas.

Olhou de maneira significativa para os outros e eles perceberam que deviam comer mais a fim de não levantar nenhuma suspeita. A mãe disse:

– Ora, eles estão comendo como sempre!

Cíntia e Adriana custavam a engolir, pois sentiam a garganta fechada. O mesmo acontecia com Daniel e Eduardo. Apenas o chinesinho Davi é que parecia não ter perdido o apetite, mas só ele sabia do esforço que precisava fazer para não cruzar os talheres e se retirar da mesa.

Quando o pai foi para a rede, eles trataram de sair sem dar na vista, cada um por um lado, a fim de iniciarem o carregamento das ferramentas para a figueira. Quando Rodrigo ia passando perto da rede onde o pai estava, ouviu o seu nome.

– Está me chamando, pai?

– Estou. Que é que vocês vão fazer agora? Não vão me dizer que, com esse tempo ameaçando chuva, pretendem voltar à casa velha.

– Não mesmo – disse ele, engolindo em seco. – Hoje nós vamos caçar borboleta aqui bem pertinho. E trazer framboesas também.

– Ah, isso é que é ter juízo! E não façam barulho, eu quero tirar uma pestana agora.

Rodrigo afastou-se devagar, não queria demonstrar muita pressa. Encontrou-se no galpão novo com os outros, que já tinham achado uns pedaços de arame, e pediu a Davi e Eduardo que ajudassem as meninas a fazer as redes, enquanto ele e Daniel tratariam de carregar as ferramentas para a figueira, passando pelo outro lado das árvores, longe da varanda, onde estava o pai, e da cozinha, de onde a mãe poderia ver toda a manobra. Havia duas pás de corte, uma pá comum e só uma picareta das grandes, pesada como se fosse feita de chumbo.

– Puxa vida – disse Daniel. – Vai ser duro trabalhar com esse negócio.

– Mas não tem outro jeito – disse Rodrigo. – Um homem é um homem, um gato é um bicho. Se ninguém tiver força, eu tenho.

Davi voltou e disse que ele e Eduardo tinham feito as armações e que as meninas estavam pregando os saquinhos de filó. Levariam três pegadores para justificar o passeio. Ajudaram a carregar ainda outras ferramentas menores e, logo depois, já se reuniam nos fundos da casa para iniciar o passeio. Rodrigo e Adriana foram dar um beijo na mãe. Ele disse:

– Não se preocupe, hoje não vamos entrar na casa. Acho até que nem vamos chegar muito perto. Hoje nós queremos caçar borboletas.

– Com esse tempo sem sol?

– Ora, mãe – disse Adriana –, borboleta anda por aí com sol ou sem sol. Elas nem ligam!

Saíram correndo e foram encontrar-se com os demais, junto à figueira divisória do campo com o mato. Cíntia e os outros meninos já estavam com Rafaelo e Dolores nas trelas, três sacolas com <u>farnel</u> e as ferramentas. Rodrigo disse:

– Eu levo a picareta e uma sacola. Daniel, outra sacola e uma pá de corte. Eduardo, outra sacola e outra pá. Davi leva estes dois facões, a outra pá e se encarrega de ajudar as meninas durante a caminhada. E vamos logo, que o trabalho hoje não vai ser de brincadeira.

Virou-se para Adriana:

– E o mapa?

– Está na tua sacola, dentro de um plástico bem grosso. Não há perigo.

– Pois então, em marcha!

Davi apontou para o céu e disse:

– Não vai chover. O vento está carregando com as nuvens escuras e o céu está ficando bem claro para aquele lado.

– Puxa, é sorte demais! – exclamou Rodrigo, atravessando a cerca de arame farpado, ajudado por Eduardo e Daniel.

Adriana seguia ao lado de Cíntia e elas quase não falavam, de tão emocionadas que estavam.

– E se a gente encontrar uma caixa cheia de ouro e de pérolas? – disse ela, baixinho.

– Vai ser difícil a gente carregar para casa – disse Cíntia.

Rodrigo ia muito adiantado e reclamava dos outros: que se arrastavam, que pareciam lesmas, que daquele jeito não cavariam nem dois palmos no poço entulhado.

Atravessaram o riachinho, que agora parecia mais cheio, pois chovera no meio da semana, e dentro de pouco mais chegavam à clareira onde estava a velha Casa das Quatro Luas. Davi lembrou:

– Ninguém pensou nas cobras, hoje. Até esquecemos das varas!

– É verdade – disse Daniel. – Isso pode ser perigoso.

– Nada disso, de tanto a gente passar por aqui as cobras se mandaram – disse Rodrigo. – Cobra não gosta de gente e foge.

Buscaram um pedaço de terreno limpo, coberto de areião, e ali depositaram tudo o que traziam. Rodrigo remexeu na sacola que carregava e tirou lá de dentro o mapa bem protegido. Pediu que todos sentassem ao seu redor e abriu o mapa com mil cuidados. Estendeu-o no chão, depois de passar a mão sobre ele a fim de tirar a areia mais grossa e folhas secas. Cíntia apontou para o círculo com a cruz no centro:

– Eu acho que isto aqui é o poço <u>atulhado</u> onde está o tesouro.

– Calma – disse Rodrigo. – Em primeiro lugar, a gente nem sabe se existe tesouro. Depois, aqui não diz que este seja o ponto. Vejam este risco: sai de perto do poço, passa por aqui e termina aqui. Vejam, isto deve ser uma árvore.

– Por que não vamos lá perto? – perguntou Adriana.

– Isto mesmo – disse Eduardo. – Adriana tem razão.

– Então vamos – concordou Rodrigo, meio impaciente.

Levaram a picareta, as ferramentas e as pás. Cíntia e Adriana cuidavam dos cachorrinhos e mantinham-se um pouco afastadas. Rodrigo postou-se sobre o poço atulhado, então seguiu na direção que o risco do mapa indicava, até chegar perto de um pé de butiá. Pediu a Daniel que segurasse o mapa com cuidado, bateu com a ponta fina da picareta junto à raiz grossa do butiazeiro e disse, meio intrigado:

– Para mim este tesouro não está no poço, não. Deve estar aqui por perto. Acho bom a gente cavar um pouco ao redor da árvore. Vejam, a terra até que está fofinha. Traz daí uma pá de corte.

Daniel alcançou a sua e Rodrigo começou a cavar.

15

ADRIANA COCHICHOU PARA A AMIGUINHA que sentia as pernas bambas, de tanta emoção. Depois apontou para o céu e exclamou:

— Olhem lá para cima: uma das luas está bem aqui. E no mapa há uma rodinha no lugar desta árvore. Quem sabe uma das luas não indica direitinho o lugar do tesouro?

Rodrigo nem deu ouvidos à irmã e continuou a cavar com vigor. Daniel e Davi é que olharam para cima, fizeram cálculos e mais cálculos e, afinal, Davi comentou:

— A Adriana deve ter razão. Este círculo pode muito bem mostrar o lugar do tesouro, porque deste lado há outra lua, e mais outra deste, e outra aqui no lado da frente.

Rodrigo parecia disposto a abrir um poço em poucos minutos. O suor escorria pela cara e ele resfolegava como uma velha locomotiva a carvão. Foi quando parou, afastou-se um pouco e disse para Daniel e Eduardo que tratassem de tirar a terra solta, sem perder muito tempo.

— Ou a gente abre este buraco hoje ou nunca mais!

Os dois se entregaram com tanta fúria ao trabalho de remoção do entulho fofo que quase cobriram Dolores de terra. Mas o buraco aumentava e se tornava capaz de esconder as pernas deles até os joelhos. Rodrigo voltou a cavar, enquanto as meninas foram buscar copos de refrigerantes para matar a sede dos trabalhadores. Logo depois, era Davi quem removia a terra solta, dando tempo a que Rodrigo respirasse um pouco e limpasse o suor do rosto e do pescoço.

Quando o buraco já estava grande mesmo, mostrando parte das raízes da árvore, Rodrigo teve o primeiro desalento:

— Sei lá, mas eu acho que aqui não tem nada.

— E por que não? – quis saber Adriana. – Eles não iam enterrar um tesouro a não ser bem no fundo. Se não fosse assim, um cachorro qualquer vinha enterrar um osso por aqui e descobria o tesouro.

— Tratem de buscar sanduíches para a gente e deixem de conversa tola – disse Rodrigo.

E recomeçou a cavar com todas as forças que lhe restavam. Só descansou a picareta para comer um sanduíche. Comentou, de boca cheia:

– Agora eu sei por que os operários comem tanto. Puxa, não é mole abrir buraco! Acho que hoje de noite vou jantar como quatro.

Davi se ofereceu para cavar um pouco. Rodrigo foi sentar-se numa pedra, mastigando ainda o seu sanduíche. O chinesinho mal conseguia levantar a pesada picareta. Todos riram dele, que, afinal, não <u>esmoreceu</u> e partiu para mostrar do que era capaz. E foi avante.

– Para este lado não dá, tem uma pedra – disse Davi.

Rodrigo pulou de onde estava.

– Uma pedra? Tem certeza de que é uma pedra?

– Sei lá, mas é uma coisa dura como pedra.

– Deixa pra mim, sai logo, agora eu cavo.

Começou por contornar a tal pedra, tirando terra em redor. A seguir, largou a picareta e passou a usar as próprias mãos, gritando lá debaixo:

– É uma caixa de ferro!

– É o tesouro da vovó! – gritou Adriana.

Foi uma correria. Davi e Eduardo escorregaram na borda do buraco e caíram lá dentro, atrapalhando Rodrigo. Cíntia ia caindo também, mas foi agarrada pelo vestido por Daniel. Todos queriam ver pelo menos uma ponta da tal caixa. Rodrigo berrou:

– Quietos! Ou eu tapo esta droga de novo!

– Calma, Rodrigo, calma – disse Adriana.

– Mas então afastem-se, porque assim não dá para continuar o trabalho.

– Bem que eu sabia que o tesouro estava numa das luas – disse Adriana, pegando Dolores ao colo.

Quando a caixa ficou a descoberto, houve uma espécie de desânimo, pois não era muito grande. Mesmo assim, se tivesse lá dentro só moedas de ouro, seria um tesouro fabuloso.

Rodrigo, Daniel e Eduardo começaram a puxar a caixa, quase sem resultado. Pesava demais. Era de ferro grosso. Davi tratou de buscar uma corda que viera nas sacolas e disse que, se passassem uma ponta dela por baixo, dando um nó em cima, ele poderia ajudar de fora do buraco. Rodrigo achou a ideia sensata. Tornaram a tentar novamente, desta vez com a ajuda de Davi e ainda de Cíntia, que pegava na ponta da corda e fazia força.

– Assim vai dar – disse Rodrigo. – Todo mundo no trabalho! Só respiraram aliviados quando viram a caixa no chão, fora do buraco. Tinha o tamanho de quatro caixas de sapato e estava quase toda enferrujada. Mas viram o fecho enorme.

– Nossa! – disse Rodrigo. – Esta caixa não abre nem com uma carga de dinamite. Vejam aqui!

Batia com a ponta da picareta, soltando o resto de terra úmida, e todos viram que era uma fechadura de portão de igreja antiga.

– Quero mais sanduíche – disse Rodrigo, sentando-se. – E agora vamos pensar como transportar essa coisa para casa.

Davi comia também outro sanduíche, mas sua cabecinha trabalhava como um relógio:

– Ora, é muito fácil: a gente amarra a corda com duas voltas nesta alça lateral que ainda está forte, estende a corda o que dá, e todo mundo puxa, levando a caixa de arrasto.

– Boa! – gritou Eduardo.

– Isso mesmo – disse Cíntia. – O Davi sempre tem as melhores ideias.

– Eu também já havia pensado nisso, seus bobos – disse Rodrigo, com uma ponta de ciúmes.

– Milagre! – disse Adriana.

Os rapazes não se demoraram muito em ajeitar a corda. Mandaram as meninas arrumar as sacolas e decidiram todos que o melhor seria mesmo levarem a caixa para casa. Lá, os pais ajudariam.

– Mamãe vai cair dura – disse Adriana.

– Quero ver a cara do papai, que não acredita nunca na gente – disse Rodrigo, satisfeito.

A corda tinha uns três metros e dava para cada um deles botar a mão num pedaço, menos as meninas, que levavam o resto das coisas e ainda os dois cachorrinhos, deixando as ferramentas para outro dia.

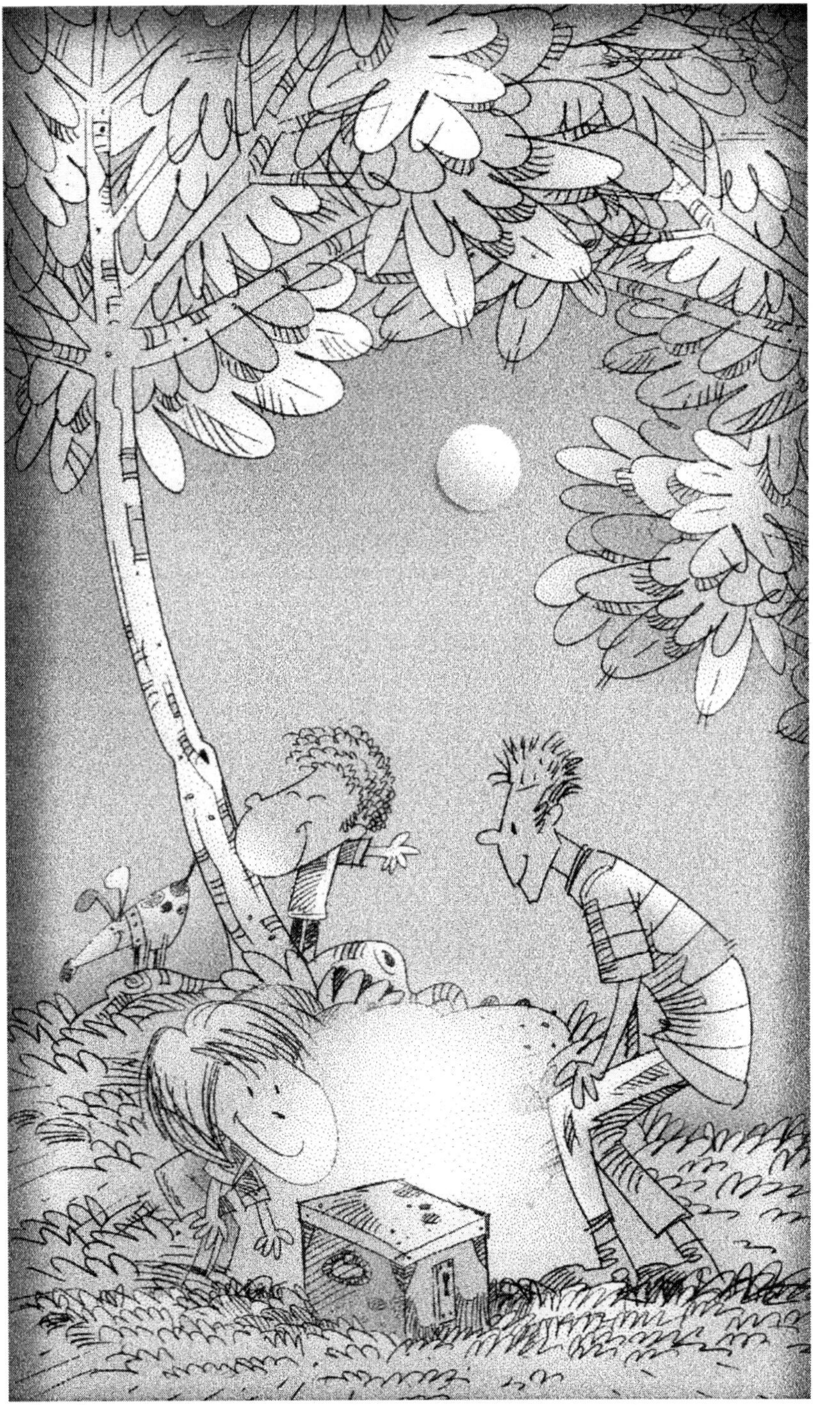

Iniciaram a viagem de volta. A caixa ia sendo arrastada sem maiores sacrifícios, mas pesava como setenta diabos. Rodrigo lembrou que, enquanto iam pelos caminhos do mato, tudo bem, mas queria ver quando fossem atravessar o riachinho e a cerca de arame farpado. O principal era não pensar nos obstáculos e tocar em frente. Daniel disse:

– Eu nunca acreditei que um dia ainda fosse descobrir um tesouro!

– Eu às vezes penso que estou sonhando – disse Adriana.

– Pois eu não – disse Rodrigo, fazendo força na ponta da corda. – Sei que estou bem acordado. E não vejo a hora do papai estourar o raio dessa fechadura!

E prosseguiram devagar, evitando choques e solavancos.

16

A CAIXA ESTAVA AGORA sobre as lajes da varanda dos fundos. A mãe via tudo sem acreditar, abraçada às meninas. O pai mantinha-se calado, mão no queixo, ar intrigado.

– Então isso estava enterrado junto ao pé de butiá?

– Bem juntinho – disse Rodrigo.

– É uma coisa muito engraçada, pois eles não eram pessoas ricas e não podiam ter deixado dobrões de ouro. Isso deve ter acontecido na <u>Revolução de 93</u>, entre federalistas e republicanos. Eles devem ter fugido de Porto Alegre, pensando em voltar um dia, e afinal morreram em Rio Grande, pouco antes de ser assinada a paz, acho que lá por 1895, em Pelotas.

– Eles não eram ricos? – perguntou Rodrigo.

– Bem, não eram ricos, mas também não eram pobres. Sempre tinham alguma coisa: estas terrinhas aqui, aquela casa e, quem sabe, algumas economias.

– Está bem – disse Adriana, impaciente –, mas a gente vai ou não vai abrir esta caixa?

O pai pediu a Rodrigo que fosse buscar no quartinho dos fundos um bom martelo e uma ponteira de cortar pedra. Ele sabia como fazer para abrir fechaduras de cem anos e, além do mais, enferrujadas.

– Afastem-se um pouco – disse o pai – que pode saltar alguma lasca nos olhos de vocês.

Começou por limpar bem a fechadura, que ainda estava coberta de terra, batendo aqui e ali com cuidado. A mãe foi buscar uma vassoura e ajudou na limpeza. O pai batia com força, encontrando resistência, mas não tanta quanto esperava.

– Este ferro está carcomido e eu acho que não vai ser difícil.

E bate que bate. O silêncio do grupo era total. Daniel disse ao ouvido de Davi que estava com medo de mastigar o coração. Rodrigo se mostrava pálido. Adriana foi buscar uma cadeira, assustada com as pernas, que tremiam como varas verdes. Cada martelada do pai fazia eco no forro da varanda, mas aos poucos ia aparecendo o metal vivo e as bordas da caixa, onde estava presa a fechadura.

O pai suspendeu o trabalho por alguns momentos, disse que não estava mais acostumado com aquelas coisas de fazer força. Mas ele também não conseguia esconder a vontade de abrir a caixa e ver tudo o que havia lá dentro. E recomeçou com mais vontade a bater na ponteira, até que conseguiu abrir a primeira fenda.

– O primeiro passo está dado, agora é só continuar por aqui – disse ele, suando e com as mãos trêmulas.

– Quer que eu fure um pouco, papai? – perguntou Rodrigo.

– Não, meu filho, este martelo é muito pesado e não quero que bata com ele num dedo.

Os minutos se arrastavam, mas todos perceberam que a noite chegava e a mãe tratou de acender a luz. A fenda separava em mais da metade a fechadura da caixa, até que o pai enfiou a ponteira por baixo e conseguiu abrir bem o buraco. Viram lá dentro alguma coisa como um pano de estopa, ainda parecendo novo. Rodrigo saiu correndo e logo depois voltava com um pé de cabra nas mãos:

– Olha aqui, pai, com este pé de cabra a coisa vai!

– É verdade, nem havia me lembrado dele. Vamos ver.

Enfiou a ponta curva no buraco maior e forçou o braço, fazendo uma alavanca, até que a fechadura estourou, ficando dependurada na tampa grossa.

– Está aberta – disse o pai –, mas agora vamos com calma, pode ter alguma coisa de quebrar aí dentro.

Levantou a tampa, abrindo a caixa totalmente. Começou por desfazer as dobras do pano de aniagem. Todos estavam em cima dele. Adriana achou que ia chorar, mas teve vergonha dos outros. Daniel e Eduardo acompanhavam tudo sem falar, olhos arregalados e garganta seca. O pai tirou a primeira ponta, mais uma, outra e, finalmente, eles puderam ver, emocionados, o que havia lá dentro.

– Puxem aquela mesa para cá – disse o pai. – Vamos tirar coisa por coisa, devagar, com jeito, e tudo deve ser colocado sobre a mesa. Deixem que a mãe de vocês me ajude, não quero que nada caia no chão e se quebre, depois de tanto trabalho.

Tirou primeiro um quadro oval, de moldura dourada, com o retrato de uma bela senhora, de gola alta e cabelos presos no alto da cabeça.

– Minha avó! É a minha avó, sim! – exclamou a mãe, quase chorando.

Depois, dois vasos de prata lavrada, não muito grandes. Uma caixa de papelão, com dizeres em inglês, contendo facas e garfos dourados com cabos de madeira negra <u>incrustada</u>.

– Imaginem – disse o pai –, talheres fabricados pelos <u>cuteleiros</u> da Rainha da Inglaterra. Leiam o que está escrito aqui: *Joseph Rodgers & Sons, Sheffield, by special warrant cutlers of his Majesty.*

– Que legal! – disse Eduardo, sem entender muito daquela coisa.

– Pois são talheres iguais aos que eram feitos para a Rainha da Inglaterra. Claro, eles não devem valer nenhuma fortuna, mas têm grande valor estimativo.

– O que é valor estimativo, papai? – perguntou Adriana.

– Ora, é aquilo que vale muito só para a gente, porque pertenceu à família da gente e lembra coisas passadas.

– Quer dizer que, se fosse vender, daria pouco dinheiro? – quis saber Rodrigo.

– Exatamente. Talvez valham menos do que esses talheres que a gente compra por aí, hoje em dia.

Tirou um saquinho de linho, sacudiu-o junto ao ouvido, e disse que deviam ser joias. Abriu-o com cuidado, desatando o nó de uma fita de veludo, e despejou todo o conteúdo sobre a mesa. Brincos, anéis, correntes de ouro, camafeus, pulseiras e botões de madrepérola, dos grandes.

– Olhem aí as joias! – exclamou Adriana.

– Que lindo este camafeu oval com esta cabeça de mulher grega! – disse a mãe.

Quando o pai retirou lá de dentro outra caixa de madeira toda trabalhada, com quadrados claros e outros escuros, todos acorreram para saber o que havia dentro. Era mesmo o que o pai desconfiara que fosse: um belíssimo jogo de xadrez, com peças de marfim.

– É o jogo de xadrez mais bonito que vi em toda a minha vida! – exclamou o pai, maravilhado, ele que adorava jogar nas tardes de domingo e nas noites de inverno.

Havia ainda uma Bíblia de capa de couro, com letras impressas a ouro, um par de esporas de prata com enormes rosetas, e outra caixa de papelão, muito bem forrada com papel de seda, contendo seis taças de cristal, para vinho, com belos desenhos gravados. Por fim, restos de palha e mais pedaços pequenos de estopa.

– Pobre da vovó – disse a mãe, com lágrimas nos olhos. – Era tudo o que ela não queria que os provisórios levassem para sempre. Terminou morrendo sem ver mais o seu pequeno tesouro.

Rodrigo examinava o que fora posto sobre a mesa e disse:

– É, o tesouro é mesmo pequeno. Eu pensava que a caixa estivesse cheia de moedas de ouro, daquelas grandes que a gente vê nos malões roubados pelos piratas. Não vale muita coisa, não é, papai?

– Olha, meu filho, valer, vale. Mas é como eu disse: seu maior valor é estimativo. Se a gente for vender tudo isso, termina não comprando duas passagens ida e volta daqui até a Bahia.

Todos se entreolharam, decepcionados. A mãe disse que eles deviam ir para o banho, enquanto ela tratava de guardar todas aquelas coisas no armário da sala.

– Estou louca para ver a cara dos nossos amigos quando virem essas coisas da vovó – disse Adriana.

Rodrigo foi o primeiro a entrar em casa. Adriana ainda se prontificou a ajudar a mãe e os outros saíram, dizendo que estavam morrendo de fome.

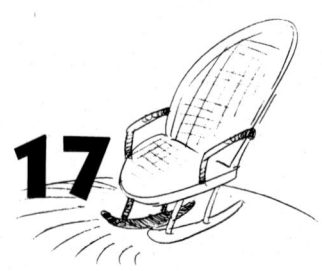

17

Depois do jantar, o pai pediu a Rodrigo que convidasse a turma para um bate-papo junto à rede, afinal eles precisavam conversar um pouco. A noite estava quente e ali era o lugar mais fresco da casa. O filho quis saber se era sobre o tesouro.

– É sobre o tesouro, sim. Vamos conversar um pouco sobre a descoberta. Vocês foram sensacionais.

Rodrigo correu para avisar os outros e logo depois eles se acotovelavam ao redor do pai. A mãe estava sentada numa cadeira de balanço. Havia duas lâmpadas acesas do lado de fora e, de onde eles estavam, podiam ver milhares de mariposas esvoaçando ao redor dos focos de luz.

– Não está muito escuro aqui, mamãe? – perguntou Adriana.

– Não, minha filha. Assim a gente se livra das mariposas.

– Ótimo – disse Rodrigo. – Outro dia eu quase engoli uma delas enquanto falava. São uns bichinhos chatos.

Davi sentou-se no chão, à moda dos iogues, Daniel e Eduardo trouxeram banquetas de três pernas, e Cíntia sentou-se ao lado de Adriana, num pequeno sofá de couro, enquanto Rafaelo e Dolores se enrodilhavam aos pés delas. A mãe passou um lenço na testa e reclamou:

— Já não é mais tempo de fazer calor, mas hoje está impossível!

Houve um silêncio prolongado. O pai sacudia a rede, de leve, enquanto os meninos morriam de curiosidade. Ele queria falar sobre o tesouro:

— Vocês sabem, eu estive pensando muito sobre o tesouro e cheguei a uma conclusão que talvez não agrade a nenhum dos nossos caros descobridores.

Fez uma pausa maior, esperou que algum deles perguntasse qualquer coisa, e continuou:

— Conversei com a mãe de vocês, discutimos e, afinal, acho que encontramos uma solução que pode não ser a melhor, mas é a mais justa.

— Ah, pai — disse Rodrigo —, não vai me dizer que, quando se acha um tesouro, quem deve ficar com ele é o governo. Ele estava aqui no nosso sítio e é todo nosso.

— Claro, claro, o tesouro é nosso e de mais ninguém. Mas o que eu queria dizer era outra coisa. Examinei peça por peça, fiz um cálculo de quanto poderia valer cada coisa e vi que não é muito dinheiro. Quer dizer, dinheiro que valha a pena. Por outro lado, achei que não deveríamos nos desfazer de coisas da família, que é nossa obrigação ficar com o achado. Transformar tudo aquilo em dinheiro não nos deixaria nem mais ricos nem mais pobres, e aí entra o que eu falava sobre o valor estimativo.

— Agora já sei o que é — disse Adriana. — Valor estimativo é o que vale muito para a gente e vale pouco para as pessoas estranhas.

— Precisamente. Vejo que a minha filha aprendeu bem a lição. Mas eu estava dizendo...

— Que não quer vender as peças do nosso tesouro — disse Rodrigo, meio decepcionado.

— Isto. Que não devemos vender nada daquilo. Sabem o que vou fazer? Vou mandar fazer um armário especial, todo envidraçado, com forro de veludo negro, para colocar tudo dentro dele. As pessoas chegam e logo enxergam, na sala da frente, o tesouro bem arrumadinho.

Adriana olhou para Cíntia, que olhou para Daniel, que olhou para Eduardo, que olhou para Rodrigo, que olhou para a mãe.

– Eu sei – disse o pai – que vocês estão decepcionados com a solução. Claro, o certo seria repartir as peças entre todos. Mas eu pensei: como dividir coisas diferentes?

– Ah, isso não dá – disse Davi, sério.

– E eu nem quero nada, acho que tudo deve ficar com Rodrigo e Adriana – disse Daniel. – Afinal, o sítio é deles, e nós só estamos a passeio.

– Nada disso, meus filhos. Vocês encontraram o tesouro juntos e têm direitos iguais. Não se trata de nenhum negócio, afinal todos arriscaram a pele naquele casarão apodrecido, enfrentaram aranhas, morcegos e cobras, e não seria eu a estabelecer que este merece mais, aquele menos, o outro nada. Eu só queria saber se vocês estão de acordo comigo.

Cíntia disse que sim, com movimentos de cabeça. Adriana disse que concordava, e os outros não disseram nada. A mãe observou:

– Olhem bem: quem cala, consente.

– Eu sei no que vocês estão pensando e acho até muito natural. O Rodrigo ali deve estar remoendo na sua cabecinha: "Mas, afinal, o que nós ganhamos com a descoberta?". Daniel e Eduardo devem pensar: "Ora, tanto trabalho para a gente não ficar com uma agulha!".

– Ora, tio... – foi só o que pôde dizer Daniel.

– Vocês não me enganam, e se pensassem de maneira diferente até que me decepcionariam. Quem acha um tesouro tem direito a uma parte dele.

– Mas pai, agora mesmo tu disseste que não dava para repartir – disse Rodrigo.

– Exatamente. É aquela história que vocês aprenderam no colégio, não dá para somar coisas de naturezas diferentes. Vender tudo para repartir o dinheiro, ia dar muito pouco, e nós perderíamos objetos que nos lembram a nossa família, a sua história e tudo o mais.

– Então, está bem – disse Adriana. – O tesouro é de todos, mas fica guardado ali dentro do armário novo, para que todo mundo veja as joias da vovó.
– Acho que todos concordam que esta é a melhor solução. Mas o que eu quero dizer é outra coisa. Eu entendo que deve haver uma justa recompensa para cada um dos descobridores, e é precisamente para falar nisso que convoquei esta reunião aqui. Mas antes, Adriana e Cíntia, providenciem alguma coisa para a gente beber em comemoração.
– Já deixei na geladeira duas jarras grandes com suco de laranja – disse a mãe.

As duas saíram correndo, depois de pedirem ao pai que não dissesse nada enquanto elas não estivessem de volta. Não queriam perder uma palavra. Eles riram das duas e o pai aproveitou para esticar as pernas na rede e balançar-se um pouco.

Não demorou muito e elas estavam de volta. Cíntia carregava uma bandeja com copos e Adriana trazia outra com uma jarra de suco de laranja. Davi puxou para o meio deles uma pequena mesa e logo depois todos matavam a sede, ansiosos por saber qual seria o plano do pai, que falava, falava e não dizia nada. Eles sabiam que uma proposta estava para ser feita.

Rodrigo não se conteve:
– E daí, pai?

O velho parou de balançar a rede, sentou-se, apoiando os cotovelos sobre os joelhos, e disse:
– Olhem aqui: ninguém ia poder fazer nada com um par de brincos, com uma pulseira, com uma Bíblia velha, com garfos e facas. Então a minha proposta é esta, bem clara: cada um escolhe um outro presente qualquer e esta semana vocês recebem o pagamento pelo tesouro da vovó. Entendido?

Houve um alvoroço entre eles. Davi disse que não podia pedir presente nenhum. Daniel achou que só Adriana e Rodrigo mereciam o pagamento. Eduardo ficou meio indeciso, mas chegou a dizer que o tio não precisava se incomodar. Adriana levantou o braço:
– Eu aprovo a ideia!

Rodrigo achou a proposta sensacional e garantiu que todos estavam de acordo.

– Bem, mas, afinal, o que vocês querem? Eu preciso saber isso o quanto antes. Agora, uma coisa muito importante: por favor, não me peçam presentes muito caros. Eu não poderia dar um automóvel para cada um, por exemplo.

A mãe teve uma ideia repentina:

– Escutem uma coisa. Enquanto a gente descansa um pouco aqui na varanda, vocês se reúnem num dos quartos, fecham a porta com chave e discutem o assunto com bastante cuidado. Cada um vai descobrir aquilo que mais quer e depois vocês voltam com tudo decidido. Certo?

Todos acharam a ideia genial. Rodrigo, como sempre, foi o primeiro a levantar-se, convocando o resto da turma:

– Vamos lá para dentro – disse. – Vamos logo, nada de perder tempo!

18

De onde estavam, os pais podiam ouvir os cochichos. As crianças haviam escolhido o quarto de Rodrigo, por ser maior.

– Tenho medo que eles resolvam pedir presentes muito caros – disse o pai. – Não sei se a minha ideia foi brilhante.

– Ora – disse a mãe –, eles não são de pedir mundos e fundos. E, numa hora dessas deve ser difícil escolher alguma coisa. As crianças costumam ter muitos presentes na cabeça e, quando chega a hora de decidir, não sabem o que querem.

Ouviam risadas nervosas e, de vez em quando, palmas. Não demorou muito, eles invadiram a varanda como um tufão.

– Calma, calma, senão me quebram tudo pela frente – disse a mãe.

– Quero que todos tornem a ocupar os seus lugares, que cada um fale por sua vez, sem atropelos, e ainda quero que as meninas tragam lá de dentro a outra jarra de suco de laranja, que estou sentindo a minha garganta seca. Sabem, é de medo pelo que vocês possam pedir...
– Não se preocupe, pai. A gente vai pedir uns presentinhos baratos – disse Rodrigo, e fez uma pausa, acrescentando: – Claro, eu digo em comparação com o valor estimativo do tesouro da vovó.
– Olha o espertalhão – disse o pai. – Já começou a me preparar para o golpe mortal. Devagar nas pedras...
Daniel pediu que esperassem Cíntia e Adriana, que tinham ido buscar o refresco. Todos se mostravam nervosos e segredavam coisas nos ouvidos uns dos outros. Finalmente Adriana e Cíntia retornaram, os cachorrinhos sempre atrás. Serviram laranjada para todo mundo e voltaram a sentar-se nos mesmos lugares, ansiosas por pedirem os presentes que haviam combinado lá no quarto.
– Bem, agora eu queria saber quem vai falar primeiro – disse o pai, depois de beber todo o refresco de seu copo.
Davi disse que eles tinham resolvido tudo, inclusive a ordem em que cada um falaria. E apontou para Rodrigo:
– Ele vai dizer primeiro.
Rodrigo esfregou as mãos, fingiu que pensava muito, olhando para o alto, e disse:
– Eu quero, eu quero... sabe, pai, acho que vai ser um presente legal, não custa tão caro assim e, de qualquer maneira, eu ia pedir mesmo, com ou sem tesouro.
– Está bem, mas diz logo.
– Eu quero um aeromodelo daqueles de controle remoto, igual a um caça da Segunda Guerra Mundial.
O pai botou as mãos na cabeça:
– Céus! Acho que, desse jeito, vou ter de vender esta casa para arranjar dinheiro para esses tais de presentinhos...
Rodrigo justificou:

— Mas há quanto tempo tu estás me prometendo um desses aeromodelos, pai? Assim não tens que dar mais e pagas a minha parte do tesouro.

— Está bem, está bem – disse o pai –, mas espero que os demais não sejam assim tão ambiciosos. Quem é o outro a falar?

— Eu – disse Adriana. – Posso dizer o que eu quero?

— Claro que pode dizer, minha filha – disse a mãe.

— Bem, eu quero um aquário daqueles que já vem com pedrinhas no fundo, plantas d'água, aparelhinho de fazer oxigênio e, pelo menos, uns quatro ou cinco peixinhos dourados.

— Ora, afinal um presente que não vai me sair tão caro – disse o pai, mais aliviado. – Está bem. A mãe de vocês vai anotando tudo para que a gente possa providenciar essas coisas na próxima semana. E agora o seguinte.

— Sou eu – disse Davi, meio encabulado. – Eu escolhi uma minicalculadora, daquelas bem simplesinhas.

— Presente dado – disse o velho. – O outro.

— É a minha vez – disse Cíntia. – Eu posso pedir uma casa de bonecas dessas que a gente bota móveis? Que tem sala, quarto, cozinha, telhado que se bota e se tira, com portas e janelas, cortininhas, tapetes?

— Presente dado – exclamou ele, satisfeito. – O seguinte.

— Agora eu – disse Eduardo. – Bem, eu não sei, acho que é muita coisa, mas eu queria saber se posso ganhar, então, um daqueles barquinhos miniaturas, à vela, para correr regatas com outros, num lago. Não precisa ser dos grandes, não.

— Presente concedido – disse o velho. – Vamos então para o último pedido. Deve falar o senhor Daniel.

Daniel estava nervoso, torcia as mãos, olhava angustiado para os outros, mas terminou por dizer, gaguejando um pouco:

— Sabe, para mim serve qualquer coisa, mas, se desse, eu gostaria de ter um... um daqueles aparelhinhos que a gente liga na televisão para jogar tênis ou brincar de acertar naquelas bolinhas que andam e correm, o senhor sabe qual é.

— Sei, sim. Presente dado. E agora? Satisfeitos?

Adriana levantou-se e correu para beijar o pai e logo depois a mãe:

— Puxa vida! Até que enfim vou ter o meu aquário; depois vou comprando peixinhos com o dinheiro da mesada e logo, logo vou ter dezenas, de todas as cores! Mãe, qual é a comida que a gente pode dar para eles?

— Ah, minha filha, há lojas que vendem saquinhos com comida para peixe. Quanto a isso não há problema. Mas um aquário deve estar sempre muito limpinho, senão os peixes terminam morrendo.

O pai fez um esforço, conseguiu levantar-se da rede, passou as mãos nos cabelos e disse:

— Meus senhores, agora que todos já têm o seu tesouro, peço licença para dormir e aconselho vocês a que façam o mesmo. Amanhã muito cedo quero todos de pé, bem dispostos.

A mãe fez o mesmo e os dois deram boa-noite e saíram. Rodrigo deu um pulo de contente:

— O meu avião, o meu avião! Eu não podia ter achado um tesouro maior.

Adriana seguiu o seu exemplo:

— O meu aquário! Salve o meu aquário e todos os peixes do mundo! Vou ter mil peixinhos dourados!

Então ouviram a voz do pai lá de dentro:

— Crianças, vão dormir. Amanhã é outro dia.

As meninas recolheram os copos, Daniel e Eduardo pegaram as jarras vazias e todos entraram. Adriana executou alguns passos de dança e exclamou com ar sonhador:

— Tudo isso graças à Casa das Quatro Luas!

GLOSSÁRIO

Explicação das palavras que estão sublinhadas no texto

Acercar-se – Aproximar-se.
Acorrer – Acudir, auxiliar.
Agachar-se – O mesmo que abaixar-se.
Alpendre – Pátio coberto, varanda.
Antegozar – Antecipar a satisfação, o prazer.
Arabescos – Ornamentos, desenhos com muitas linhas, enfeitados.
Atulhado – O mesmo que entulhado, cheio.
Baita – Enorme, muito grande (expressão típica do Rio Grande do Sul).
Barrote – Peça de madeira onde são pregadas as tábuas do teto.
Bisbilhoteira – O mesmo que mexeriqueira, que faz intriga.
Bojo – Parte arredondada.
Cabo lavrado – Cabo enfeitado com desenhos, entalhes.
Caixa de laca – Caixa pintada com verniz colorido.
Carcomida – Corroída, gasta, envelhecida.
Colear – Andar ou mover-se em zigue-zague, serpentear.
Cuteleiros – Fabricantes de instrumentos de corte.
Desalentado – Decepcionado, aborrecido.

Devagar nas pedras – Expressão gauchesca que significa "Tenham calma".
Divisar – Ver sem nitidez, vislumbrar.
Embarafustar – Entrar de maneira desordenada.
Emperrada – Estragada, com defeito.
Empostar – Emitir corretamente a voz.
Empunhadura – Lugar por onde se segura a espada.
Enlevada – Encantada, com enlevo.
Ensombrada – Na sombra, sombreada.
Enveredar – Tomar um caminho com certeza, sem hesitação.
Enxerida – Intrometida.
Escarafunchar – Procurar com paciência, investigar detalhadamente.
Esmorecer – Perder o ânimo, a coragem, as forças.
Espadachim – Aquele que luta com a espada.
Esponjar – Estender-se e rebolar-se no chão
Esporas chilenas – Instrumentos de metal, com rosetas grandes, que o cavaleiro põe no calçado para espetar o cavalo e fazê-lo andar.

Estremunhado – Mal acordado.
Excomungar – O mesmo que expulsar.
Farnel – Merenda.
Fazer menção de – Gesto de quem se dispõe a praticar um ato qualquer.
Filó – Tecido em forma de rede, de furos redondos, usado como véu, mosquiteiro etc.
Forquilha – Vara bifurcada, de três pontas.
Guerra do Paraguai (herói da Guerra do Paraguai) – Nesta Guerra (1865-1870), o Brasil pretendeu preservar acesso pelo Rio da Prata até a província de Mato Grosso, hoje estado do Mato Grosso do Sul, pois não havia estradas para chegar até lá. O Brasil venceu a guerra mas teve grandes prejuízos econômicos e perdeu muitos homens.
Incrustada – Enfeitada com incrustações, ou seja, com enfeites embutidos.
Iogue – Indiano, referente à ioga.
Lavrada – Ornamentada, trabalhada.
Levar de arrasto – O mesmo que arrastar.
Limo – Formado pela presença de algas verdes em lugares úmidos.
Macega – Touceira de erva daninha, que dificulta o trânsito.
Madeirame – Estrutura de madeira.
Manga do lampião – Peça de forma tubular que protege a chama do lampião.

Mosqueteiro – Antigo soldado armado com mosquete, uma arma de fogo semelhante à espingarda.
Nesga – Pequena porção de qualquer espaço.
Peiteiras – Proteção, geralmente de couro, que se coloca nos cães.
Picada – Atalho aberto no mato a golpes de facão.
Platô – O mesmo que planalto.
Polvadeira – Poeira.
Postigo – Pequena porta, cobertura de madeira que protege da claridade.
Provisórios – Relativo ao governo provisório, formado durante a Revolução de 1893.
Relíquia – Objeto de valor, raro.
Remanso – Enseada, local onde a água do rio fica estagnada.
Repelão – Com força, com violência.
Resfolegar – Respirar com esforço, de maneira ofegante.
Revolução de 93 – conhecida como Revolução Federalista (1893), este conflito reuniu os estados do Rio Grande do Sul, Paraná e Santa Catarina. Começou como uma disputa regional entre republicanos e federalistas e ganhou dimensão nacional ao se opor ao governo do então presidente marechal Floriano Peixoto.
Roseta – Roda dentada da espora.
Saco de aniagem – Saco feito com pano grosseiro, sem acabamento, de fibra vegetal, geralmente.
Sarrafo – Madeira fina.

Sesta – Descanso após o almoço.
Soleira – Madeira ou pedra que forma a parte inferior do vão de uma porta.
Sótão – Pavimento comum nas casas antigas, logo abaixo do telhado.
Sucata – Depósito de ferro velho.
Tamborete – Assento de madeira sem encosto, banco.
Tope – O mesmo que laço.
Tora – Pedaço de tronco ou madeira.
Touceira – Elevação ou moita formada por várias mudas de capim.
Trave – Grosso pedaço de madeira que sustenta o teto em uma construção.
Trelas – Tiras de couro ou metal com que se prendem os cães.
Viga – Madeira grossa de sustentação em forma de T.

OBRAS DE JOSUÉ GUIMARÃES

Os Ladrões – contos (Ed. Forum), 1970
A Ferro e Fogo I (Tempo de Solidão) – romance (L&PM), 1972
A Ferro e Fogo II (Tempo de Guerra) – romance (L&PM), 1973
Depois do Último Trem – novela (L&PM), 1973
Lisboa Urgente – crônicas (Civilização Brasileira), 1975
Tambores Silenciosos – romance (Ed. Globo – Prêmio Erico Verissimo de romance), 1976 – (L&PM), 1991
É Tarde Para Saber – romance (L&PM), 1977
Dona Anja – romance (L&PM), 1978
Enquanto a Noite Não Chega – romance (L&PM), 1978
O Cavalo Cego – contos (Ed. Globo), 1979, (L&PM), 1995
O Gato no Escuro – contos (L&PM), 1982
Camilo Mortágua – romance (L&PM), 1980
Um Corpo Estranho Entre Nós Dois – teatro (L&PM),1983
Garibaldi & Manoela (Amor de perdição) – romance, L&PM, 1986
As muralhas de Jericó – depoimento, L&PM, 2001

INFANTIS (TODOS PELA L&PM):
A Casa das Quatro Luas – 1979
Era uma Vez um Reino Encantado – 1980
Xerloque da Silva em "O Rapto da Doroteia" – 1982
Xerloque da Silva em "Os Ladrões da Meia Noite" – 1983
Meu Primeiro Dragão – 1983
A Última Bruxa – 1987

lepmeditores

www.lpm.com.br
o site que conta tudo

Impresso na Gráfica Eskenazi
São Paulo, SP, Brasil